Peter Süß, geboren 1964, hat in Berlin Geschichte, Germanistik und Politikwissenschaft studiert. Daneben arbeitete er als freier Lektor und Journalist, bevor er 1996 als Fernsehautor anfing. Seit 1998 ist er Chefautor von *Gute Zeiten – Schlechte Zeiten*, der erfolgreichsten deutschen Daily Soap. Bei dtv junior hat er zusammen mit Christine Wolfrum den für den Deutschen Jugendliteraturpreis nominierten Titel ›So wild nach deinem Erdbeermund‹ (78149) veröffentlicht.

Gabriele Kosack, geboren 1959 in Indonesien, studierte in München Germanistik, Psychologie und Musikwissenschaften und arbeitete dort als Journalistin und Übersetzerin, bevor es sie für fünf Jahre nach Manhattan zog. Seit 1993 lebt sie abwechselnd in Berlin und Köln. Fünf Jahre lang war sie Mitglied der Autorenteams von *Gute Zeiten – Schlechte Zeiten* und *Verbotene Liebe*, dort zuletzt als Chefautorin. Seit Mitte 1999 schreibt sie als freie Drehbuchautorin Serien und TV-Movies.

Peter Süß/Gabriele Kosack

Daily Soaps

Originalausgabe
In neuer Rechtschreibung
Juni 2000

www.dtvjunior.de
Buchgestaltung Büro Jorge Schmidt, München
Layout Tabea Dietrich, München
Fotos Jan Roeder, Gauting
Lektorat Dorothee Dengel
Schrift Oranda, Blur, DIN
Gesamtherstellung Ebner Ulm
Printed in Germany
ISBN 3-423-78158-0

Peter Süß/Gabriele Kosack

Daily Soaps

Macher, Fans & Stars

Fotos von Jan Roeder

Deutscher
Taschenbuch
Verlag
dtv

Inhalt

Vorwort

»Das Beste an Soaps: Sie hören nie auf. Die Geschichten haben kein Ende. Es ist wie eine Sucht, man muss einfach weitersehen.« (JULIA, 17)

»Soaps sind übertrieben, so finden die Geschichten im wirklichen Leben nicht statt.« (NICKEL, 17)

»Soaps sind ein guter Gesprächsstoff für langweilige Schulstunden.« (ANNA, 16)

»Ich habe einige Freunde, die darf man zwischen sechs und sieben nicht anrufen, weil da irgendwelche Serien laufen.« (BJÖRN, 18)

»Ich find's blöd, einen Schauspieler anzuhimmeln. Ich mach lieber was mit Freunden als vor dem Studio rumzuhängen und zu warten, dass jemand von den Stars rauskommt.« (JASMIN, 16)

»Mir ist es wichtig, jeden Tag zu gucken. Ich will wissen, wie es weitergeht, das ist einfach so.« (LILIANA, 15)

Wenn die Multimillionärin Clarissa von Anstetten wieder einmal eine Intrige gegen ihren adeligen Ex-Gatten schmiedet; Flo sich nach langem Hin und Her endlich von Andy trennt, sich dann doch wieder mit ihm versöhnt und er danach an einer Vergiftung stirbt; Jennifer aus der berühmtesten Kölner Teenie-WG sich unglücklich verliebt; und Tinka sich zwischen Freund und Gesangskarriere entscheiden muss – es wird genauestens beäugt und kommentiert, und zwar von rund zwölf Millionen Fernsehzuschauern am Tag.

Verbotene Liebe, Gute Zeiten – Schlechte Zeiten, Marienhof, Unter uns ...

Jugendliche Fans feiern die deutschen Daily Soaps als Kult.

Studenten gucken heimlich, ohne dass sie es je zugeben würden. Und Kritiker verspotten Seifenopern, machen sie gar für die Verblödung eines ganzen Volkes verantwortlich. Die Bandbreite der Urteile ist so vielfältig wie die Endlosgeschichten, die diese Serien erzählen.

Offenbar kann man über Soaps streiten, sich ereifern und von ihnen schwärmen – ignorieren kann man sie nicht. Sie sind die erfolgreichsten Serien im deutschen Fernsehen, bei der Zielgruppe der 14- bis 29-Jährigen erreichen sie Quoten von mehr als 35 Prozent. Und der Erfolg beim Publikum wandelt sich bei den Sendern in klingende Münze um: Nach Branchenschätzungen spült allein *Gute Zeiten – Schlechte Zeiten* alljährlich rund 180 Millionen Mark in die Kassen von RTL. *Daily Soaps: Macher, Fans & Stars* geht der Seifenlauge auf den Grund und beantwortet viele Fragen:

Wie wird eine Soap produziert? Warum dürfen Soap-Darsteller nicht ohne Erlaubnis zum Friseur? Wer trägt die Verantwortung für einen Drehtag? Wer achtet darauf, dass die Absätze von Sonjas Schuhen nicht zu sehr klappern? Wie teuer ist die Produktion einer Soap-Folge? Und was erleben Komparsen und Praktikanten, wenn sie einen Tag mit den Publikumslieblingen der Serien drehen?

Das Buch wirft einen Blick hinter die Kulissen und zeigt anschaulich, wie es auf dem Set und in der Produktion zugeht. Natürlich kommen auch die Stars selbst zu Wort. Sie erzählen, wie sich ihr Leben verändert hat, seit sie täglich vor der Kamera stehen, und wie schwierig es manchmal ist, Serien- und Privatleben auseinander zu halten.

Fans und Gegner diskutieren: Was kommt an, was nervt? Und welchen Stellenwert hat ihre Lieblingsserie?

Zugleich ist dieser Reader ein informatives Handbuch. Es erklärt, was man tun muss, um eine Komparsen- oder Gastrolle zu bekommen, oder wie man einen Fanclub findet. Und es gibt Anregungen, welche Berufsmöglichkeiten eine Fernsehproduktion bietet, in der Dailys wie am Fließband hergestellt werden.

Schließlich verdeutlicht *Daily Soaps: Macher, Fans & Stars*, welche Industrie hinter der Soap-Produktion steckt, wie generalstabsmäßig alles geplant und mit wie viel Einsatz dort gearbeitet wird. Also denn: Hinein in die Seifenwelt!

Gabriele Kosack und **Peter Süß**

Alles auf Anfang

Ein Drehtag bei zwei deutschen Seifenopern

7 Uhr, Köln-Bocklemünd, in den Studios von *Verbotene Liebe*: Während sich die meisten gerade aus dem Bett quälen oder sich sogar noch einmal umdrehen, herrscht in Haus 4 auf dem Studiogelände des WDR bereits Hektik. Studio-Aufnahmeleiter Volker Schwab bereitet den Drehtag vor. Er ist schon seit 6.30 Uhr da, »und vor 18.30 Uhr komm ich hier nicht raus«. Doch trotz dieser Aussichten nimmt Volker es locker. »Ich mag meinen Job«, sagt er.

»Ich bin so etwas wie der Verkehrspolizist der Serie. Ich muss dafür sorgen, dass die Schauspieler alle am richtigen Ort sind und die Kostüm- und gegebenenfalls Maskenwechsel rechtzeitig stattfinden.« Volker trägt die Verantwortung für den Ablauf des Drehtages. »Außerdem«, fügt er hinzu, »muss ich aufpassen, dass die Stimmung im Studio nicht zu schlecht, aber auch nicht zu gut wird. Wenn sie schlecht ist, ist es für das Produkt auch schlecht. Ist die Stimmung zu gut, besteht die Gefahr, dass alle ein bisschen albern werden.« Auch nicht gut.

Währenddessen packen die Maskenbildner Tuben, Puder und Quasten aus. Kurz danach schminken sie Jürgen Zartmann, alias Christoph von Anstetten, und Kerstin Landsmann. Während sie »gepinselt« wird, konzentriert Kerstin sich mit geschlossenen Augen auf ihre erste Szene. Sie spielt in der Serie Christophs Stieftochter, das leicht verzogene, aber liebenswerte Adelsgör Kati von Sterneck.
Kameramänner, Licht- und Tontechniker sind bereits im Studio, in der Dekoration »Friedenau/Bibliothek«. Dort wird heute die erste Szene gedreht, mit Kati von Sterneck und Christoph von Anstetten. Die Requisiteurin prüft mit geübtem Blick, ob alles am rechten Platz ist, und dann geht's los.

Szenen aus dem Schloss

9 Uhr: In der Szene geht es um die Probleme, die Katis Mutter Barbara mit ihrer neuen Modekollektion hat. Keine komplizierten Gänge, kein Textholpern. Kerstin Landsmann und Jürgen Zartmann spielen routiniert, inklusive Probe und Generalprobe ist die Szene in zehn Minuten im Kasten. Disponiert waren zwanzig. Im Fernsehen wird die Szene eineinviertel Minuten lang sein. Regisseur Wolfgang Frank ist zufrieden, denn jetzt hat er etwas mehr Zeit für schwierigere Szenen, die allerdings kaum länger disponiert sind als die erste. Und schon geht's ab in den »Friedenau/Wohnbereich«.

Erneut steht eine Szene zwischen Christoph von Anstetten und Kati von Sterneck auf der Drehdispo. Jetzt

kommt jedoch noch ein Bote hinzu, der ein Paket bringt, das für den späteren Handlungsverlauf von Bedeutung ist. Und eine Bedienstete, die den Tisch abräumt. Wir sind schließlich in einem Schloss!

Fünfundzwanzig Minuten am Tag Solche Blitzdrehs sind typisch für eine Daily Soap, ob sie nun *Verbotene Liebe, Marienhof, Unter Uns* oder *Gute Zeiten – Schlechte Zeiten* heißt. Um lange zu proben, fehlt die Zeit. Hier muss es flutschen – es ist eben Seife. Fünfundzwanzig Sendeminuten ist das tägliche Pensum. Bei Spielfilmen gelten vier Minuten als Obergrenze, die *Lindenstraße* schafft immerhin sieben Minuten.
Soap muss billig sein und schnell gehen: Man dreht nicht auf Zelluloid wie fürs Kino, sondern auf Video, und drei

Kameras laufen gleichzeitig. So entsteht schon während des Drehs der Rohschnitt. Komplizierte Außenaufnahmen sind selten wie Perlen in der Auster, Tiere und Kinder fast tabu, und fehlen Komparsen, laufen zur Not eben schnell zwei Techniker durchs Bild.

Viele kleine Fallstricke 11 Uhr: Auch in Potsdam-Babelsberg, in den Studios von *Gute Zeiten – Schlechte Zeiten*, von den Fans *GZSZ* genannt, wird bereits seit vier Stunden gearbeitet. Dort dreht man gerade die Szenen des aktuellen Blockes – ein Block sind fünf Folgen –, die in der Dekoration »Daniels Bar« spielen. Den ganzen Tag, fünfzehn hintereinander. Jeanette Biedermann spielt die kesse sechzehnjährige Adoptivtochter des Bar-Geschäftsführers Fabian Moreno, der seit 1996 von Ralf Benson verkörpert wird. Im Augenblick ist Marie unglücklich verliebt in einen Jungen. In den nächsten Wochen Stoff für viele Szenen. Erste Probe, Generalprobe, dann ruft Aufnahmeleiter Bernd Köhler: »Achtung, Kamera ab. – Kamera läuft. – Und bitte.« Und die Szene geht los. Doch nur ein paar Sekunden. »Aus«, ruft Regisseur Ulf Borchardt, denn es ist ein Mikroschatten im Bild. Bei der nächsten Aufnahme stört ihn, dass die Absätze von Tokessa Möller-Martinius, die im Hintergrund die Bar betritt, zu laut klappern. Requisiteurin Elke Piglas flitzt in ihr Büro und zwei Minuten später ist sie mit Filz zur Stelle, der unter Tokessas Schuhe geklebt wird. Sie spielt in der Serie die intrigante Sonja Wiebe. Dann ist die Szene im Kasten

und Ulf Borchardt zufrieden: »Na, klappt doch.«

Zeit ist bekanntlich Geld, und Geld ist knapp: Mit etwa fünftausend Mark Produktionskosten pro Sendeminute muss man bei *GZSZ* auskommen. Bei Serien wie *Praxis Bülowbogen* ist es viermal so viel. Hunderttausend Mark kostet die Folge *GZSZ* insgesamt. Genauso viel wie der teuerste Dreißig-Sekunden-Werbespot, den RTL während der Kult-Soap verkauft.

Der Drehtag in »Daniels Bar« geht weiter: Einmal fällt klirrend ein Glas zu Boden, ein andermal blickt ein Komparse in die Kamera – ein absolutes No-no. Ansonsten läuft eine Szene nach der anderen durch.

Vorbereitung ist alles

13.30 Uhr: Inzwischen ist Raphaël Vogt eingetrudelt, der Nico Weimershaus der Serie. Er hat noch etwas Zeit, denn er ist erst nach der Mittagspause dran. Deshalb sitzt er, die Füße auf dem Tisch, in seiner Garderobe und geht noch mal über den Text. Die meisten Szenen sind nicht lang, maximal eine Minute und fünfundfünfzig Sekunden, oft sogar nur etwas über eine Minute. Gut vorbereiten muss man sich trotzdem: »Sonst macht man sich unter den Kollegen unbeliebt«, sagt Raphaël und grinst.

Warum sehen die Dekorationen immer so super aufgeräumt aus?

Aus Gründen des Anschlusses. Alle Szenen werden in einem unglaublichen Tempo durcheinander gedreht, das heißt nicht in der Reihenfolge, in der sie später auf dem Bildschirm zu sehen sind. Bei einer unaufgeräumten Deko könnte keiner nachhalten, wie es in der Szene davor aussah. Deshalb räumt man alles immer auf, dann kann nicht so viel schief gehen.

Jeanette hat jetzt Pause und isst im Aufenthaltsraum ein Brötchen. »Es wär ziemlich peinlich, wenn später im Fernsehen mein Magen knurren würde«, scherzt die Neunzehnjährige, die seit 1999 für *GZSZ* dreht und der es super gefällt.

»Raphaël, bitte in die Maske«, schallt es aus dem Lautsprecher, der im ganzen Haus zu hören ist. So muss man die Darsteller oder das Team nicht erst suchen. Denn das könnte im Studio, in dem Gewirr von Dekorationen, in den Aufenthalts-, Requisiten- und Kostümräumen ziemlich lange dauern. Insgesamt 1500 Quadratmeter gibt es allein an Studioflächen bei *GZSZ*.

Warum bezahlen die Gäste in einer Soap-Kneipe fast nie ihre Rechnung?

Wenn ein Komparse die Soap-Kneipe verlässt, ist das eine Hintergrundaktion. Im Vordergrund spielen zwei Hauptdarsteller eine Szene. Zwar werden die Komparsen vor dem Dreh darauf hingewiesen, dass sie ein Geldstück auf den Tresen legen sollen, bevor sie aus der Bar verschwinden. Aber das ist nicht der wichtigste Inhalt der Szene. Wenn die Hauptakteure ihre Szene gut gespielt haben, im Hintergrund aber der Komparse vergessen hat zu zahlen, wird die Szene deshalb nicht neu gedreht. Dafür fehlt die Zeit.

16 Uhr: In Köln-Bocklemünd hat man inzwischen die Dekorationen gewechselt. In der »Suite Clarissa« sitzt Isa Jank, die die durchtrieben-böse Clarissa von Anstetten spielt und schon wieder finstere Intrigen schmiedet. In Köln liegt man gut in der Zeit. »Geht es so weiter, ist in zwei Stunden Drehschluss«, sagt Aufnahmeleiter Volker Schwab zufrieden. Große Szene nun für Jürgen Zartmann, der seiner heimtückischen Ex-Frau seine ganze Wut entgegenschleudert. Doch Clarissa lässt wie gewohnt alles an sich abtropfen.

Zehn Leute stehen um Isa Jank und Jürgen Zartmann herum: Regisseur, Maskenbildnerin, Tonmann, drei Kameraleute, Requisiteurin, Aufnahmeleiter und Regieassistentin mit Walkie-Talkie, Bühnenbauer, Kabelhilfe. Weil in der »Suite Clarissa« gerade eine Kerze brennt, ist auch der Feuerwehrmann nicht weit.

Klare Arbeitsteilung Während gedreht wird, findet im großen Konferenzraum die Produktionssitzung für den nächsten Block statt. Aus allen Abteilungen kommen die Mitarbeiter zusammen und besprechen, worauf zu achten ist. Was muss alles besorgt, welche technischen Extras müssen bereitgestellt werden? Jede Abteilung weiß, was sie zu tun hat. Alles greift wie ein Rädchen ineinander: »Wenn bei *Verbotene Liebe* ein neues Kleid aus Barbaras Cara-Donna-Kollektion eine Rolle spielt, ist es Sache der Kostümabteilung, ein Kleid zu besorgen, das in die Kollektion passt. Aber es ist Aufgabe der Requisite, darauf zu achten, dass es am Drehtag im Studio ist«, erklärt Volker Schwab die Aufgabenteilung.
Ist der Kamin im »Friedenau/Wohnbereich« angezündet? Sind die Pommes im Außendreh vorhanden? Liegen die Toneinspieler rechtzeitig vor? In einer Szene soll der Fernseher laufen. Wurde der TV-Einspieler besorgt, sind die Rechte abgeklärt? Aufgaben, die klar und zügig erledigt werden müssen. Anders kann man keine Daily produzieren.

Der Zuschauer sieht alles Nichts wird dem Zufall überlassen. Eine Szene spielt beispielsweise am Morgen in der Wohnung von Ulli und Nick Prozeski. »Ulli kommt aus seinem Zimmer in den Wohnbereich«, heißt eine typische Regieanweisung im Script. »So was wirft immer Fragen auf«, erklärt Schwab sachlich. »Hat Ulli vorher geduscht oder ist er gerade aus dem Bett gefallen? In dem einen Fall müsste die Maske für nasse Haare sorgen, in dem anderen müsste sie seine Frisur verwuscheln. Wir achten auf jede Kleinigkeit, denn der Zuschauer sieht alles. Bei Pannen, die sich wegen des Produktionsdruckes nicht immer vermeiden lassen, bekommen wir besonders viel Post«, weiß Schwab.

In sechs Wochen auf dem Schirm

18.30 Uhr: Drehschluss in Potsdam bei *GZSZ*. »Check ist okay. Danke, schönen Abend und tschüss«, ruft Aufnahmeleiter Bernd Köhler. Die Studio-Deckenbeleuchtung geht an, das Dekolicht aus. Techniker fahren die Kameras in die nächste Dekoration, die Requisiteurin räumt den Set auf, die Schauspieler schminken sich ab.

In knapp zwei Monaten sind die Szenen, die heute gedreht worden sind, im Fernsehen zu sehen. Müde schleppt sich Jeanette Biedermann aus dem Studio. Morgen hat sie erst mal frei. Dann müssen andere Kollegen ran, die in diesem Block nicht in »Daniels Bar« auftauchen.

In Köln sind die Lichter im Studio ebenfalls erloschen. Volker Schwab trinkt mit einigen Darstellern und Technikern noch ein Kölsch in der Kantine:

»Wir hängen jeden Tag aufeinander, natürlich kommt es mal zu Spannungen. Da setzt man sich nach dem Dreh noch zusammen, damit man das nicht mit nach Hause nimmt.« Denn auch morgen muss alles reibungslos klappen. Fernsehen am Fließband.

Warum werden in Soaps viele schwanger, kriegen aber das Kind fast nie, sondern verlieren es spätestens im dritten Monat?

Schwangerschaften sind für eine Soap gut und schlecht zugleich. Gut daran ist, dass eine Schwangerschaft immer viel Stoff bietet für emotionale Konflikte zwischen den Figuren. Deshalb werden häufig in Soaps Mädchen und Frauen schwanger. Schlecht ist, dass man eine Schwangerschaft, die sich über viele Monate hinzieht, nur schwer in ihrer Entwicklung zeigen kann. Noch schlechter, dass man mit Babys, die ja irgendwann einmal besetzt werden müssten, in Deutschland pro Tag nur wenige Minuten drehen darf. Bei GZSZ wurde einmal eine Geschichte um ein Baby, das Leon vor dem Wohnwagen fand, in Szene gesetzt. Aber nur, weil die Babygeschichte nach wenigen Wochen abgedreht war. Dann kam in der Story nämlich die Mutter zurück und nahm das Kind wieder mit. Das Serienbaby wurde von gleich mehreren richtigen Babys gespielt. Trotzdem war der Dreh sehr anstrengend. Denn Babys lachen nicht, wenn sie sollen, und weinen dann, wenn sie es nicht sollen. Das alles sind Gründe dafür, warum eine Schwangerschaft in der Soap meistens nach wenigen Wochen vorbei ist. Doch bei GZSZ hat man jetzt – wieder einmal in der langen Seriengeschichte – das Risiko gewagt, dauerhaft ein Baby in die Serie einzuführen: In Folge 2000 bekam Cora ein Kind!

Geile Soap – Öde Soap
Ein Streitgespräch

Keine Frage, die täglichen deutschen Seifenopern sind unheimlich beliebt. Viele Jugendliche sitzen jeden Spätnachmittag oder Abend vor dem Schirm, um mit ihren Lieblingshelden mitzufiebern. Andere finden Soaps total daneben. Wir baten zwei Fans und zwei Gegner an einen runden Tisch: Benjamin (15) und Mara (16), Kevin (17) und Jasmin (16).

MARA: Vor drei Jahren fing meine Mutter an *GZSZ* zu gucken. Ich schaute zufällig ein paar Mal mit und allmählich fand ich es immer besser. Mir gefällt, dass es modern ist und zeigt, wie das Leben heute abläuft. Außerdem finde ich die Stars nett, obwohl ich sie natürlich nicht persönlich kenne. Ich kaufe mir regelmäßig die *GZSZ*-Fanzeitung, um mich zu informieren, aber bei einer Autogrammstunde war ich noch nie. Da würde ich gerne mal hinfahren.

JASMIN: Ich mach lieber was mit Freunden als vor dem Studio rumzustehen und zu warten, bis irgend so ein Star rauskommt. Ich find's blöd, einen Schauspieler anzuhimmeln. Alle Soap-Fans haben irgendwie einen Knall.

KEVIN: Genau, ich kann über diese Serien bloß lachen. Für mich ist das der reine Trash. Wenn ich überhaupt mal eine Soap anschaue, dann nur mit Leuten, die voll darauf abfahren. Über die kann ich mich nämlich schön lustig machen.

BENJAMIN: Du bist ja vielleicht drauf. Ich finde es interessant, wie die Geschichten ablaufen. Man guckt immer weiter, weil es am spannendsten Punkt aufhört. Okay, in Wirklichkeit könnte wahrscheinlich nicht alles so passieren. Manches ist ein bisschen übertrieben.

JASMIN: Ein bisschen? Soap-Storys sind total unrealistisch und unglaubwürdig. Um ein bisschen Spannung zu haben, versuchen die Autoren alle Konflikte darin unterzubringen, die es auf der Welt gibt, und zwar am liebsten alle gleichzeitig. Ich finde das aufgesetzt.

MARA: Ich habe keine Probleme mit einer Story, von der ich weiß, dass sie in Wirklichkeit nicht so stattfinden kann. Wich-

tig ist doch, dass ich mich in die Figuren und ihre Gefühle reinversetzen kann. Und das kann ich bei den Soaps.

KEVIN: Oh, Mann, Soaps sind doch total primitiv. Man weiß fast immer, was als Nächstes passiert. Hat man eine gesehen, hat man alle gesehen. Immer dieselbe Masche. Gerade am Schluss, bei den Cliffhangern. Total vorhersehbar: Ein bisschen Spannung aufbauen, dann eine Großaufnahme auf ein angstverzerrtes Gesicht, oder irgendwer hat wieder etwas belauscht – das ist doch öde und super gestelzt.

MARA: Das ist nicht gestelzt, sondern dramatisch! Wenn man das, was zwischen den Figuren abgeht, so drehen würde wie im täglichen Leben, wäre es total langweilig. Alles muss viel extremer sein und schneller passieren.

BENJAMIN: Außerdem finde ich gut, wie die Leute in den Serien miteinander umgehen. Die meisten sind sehr hilfsbereit, kriegen ihre Sachen geregelt und sind mit vielen Leuten befreundet. Es ist nicht nur unterhaltend, manchmal lernt man auch noch was. Zum Beispiel, wie man Probleme lösen kann.

JASMIN: Ist ja okay. Ich mache euch bestimmt keinen Vorwurf, weil ihr Soap-Fans seid. Wenn sonst nichts anliegt, sind die Serien sogar ganz guter Gesprächsstoff für langweilige Schulstunden.

MARA: Gib zu, du bist doch ein Fan!

JASMIN: Quatsch! Nur weil ich ab und zu beim Zappen hängen bleibe? Das Zeug ist easy, nicht besonders anspruchsvoll, man kann gut dabei abschalten.

KEVIN: Mich nervt das Ganze eher. Ich gehe lieber ins Kino und schau mir einen Film an, der ein richtiges Ende hat. Ob gut oder schlecht, ist mir erst mal nicht so wichtig. Aber Soaps hören einfach nie auf. Obwohl die Storyliner oft gar nicht mehr wissen, was sie schreiben sollen. Deshalb verlässt die eine ihren Mann, fängt was mit einem anderen an, um nach einem halben Jahr wieder zu dem ersten zu ziehen. Es muss eben immer weitergehen, weil die Sender Kohle machen wollen. Also macht es am Ende der Folge peng, ein Cliffhanger kommt, damit die Leute am nächsten Tag wieder einschalten. Das ist extra so gemacht, damit die Zuschauer süchtig werden. Es soll spannend sein, aber ich find's eintönig.

MARA: Ich finde gerade geil, dass die Geschichten nie aufhören. Im Kino siehst du Filme mit Anfang, Mitte und Schluss. Das ist auch okay, aber du erfährst nie, wie es weitergeht. Ich finde Happy Ends langweilig. Es ist doch viel spannender, wenn die Geschichten ungelöst bleiben!

KEVIN: Du bist wohl auch eine von den Süchtigen, was?

MARA: Klar! Und ich steh dazu!

KEVIN: Kapier ich nicht. Die Schauspieler spielen schlechter als im Schultheater, und wenn eine Tür in der Deko zufällt, wackeln die Wände. Das sieht doch alles total billig aus!

BENJAMIN: Mir gefallen die Wohnungen, ich find sie toll. So möchte ich mich später auch einrichten.

JASMIN: Und wie findest du, dass in den tollen Wohnungen und Penthäusern lauter Leute mit Aushilfsjobs wohnen, die sich solche Traumbuden im wirklichen Leben nie leisten könnten?

BENJAMIN: Das stört mich nicht. Wichtig ist, wie die Wohnung aussieht und ob sie mir gefällt. Das gehört für mich genauso dazu wie die Klamotten der Schauspieler. Und im Hintergrund läuft die Musik, die gerade in ist.

KEVIN: Die dudeln doch bloß die Hits runter, die man sowieso überall hört. Und dann machen sie eine CD draus, damit alle Fans sie kaufen.

JASMIN: Mit den Klamotten ist es genauso. Die Soap-Macher behaupten immer, sie seien trendy, aber in Wirklichkeit hängen sie sich nur an das, was sowieso gerade in ist.

MARA: Find ich nicht. Ich kriege oft Anregungen, was gerade bei Klamotten angesagt ist. Ich habe mir zum Beispiel schon mal ein Oberteil gekauft, weil ich es in der Serie gesehen habe und scharf fand. Aber das ist nicht das Wichtigste. Das Entscheidende sind die Geschichten und wie die Leute miteinander umgehen.

BENJAMIN: Genau! Die meisten handeln von Freundschaft und Liebe. Manchmal gibt es Missverständnisse und Schwierigkeiten. Wie im Leben. Ich schaue mir gerne an, wie die Leute in den Soaps mit ihren Problemen umgehen.

KEVIN: Und dann löst du deine genauso, oder wie?

MARA: Jetzt übertreibst du aber!

BENJAMIN: Lass mal! Was ist schon dabei, wenn ich durch die Soap Tipps kriege, wie was laufen kann?

JASMIN: Wie meinst du das?

BENJAMIN: Na ja, zum Beispiel, wenn ich mit jemandem Streit habe und mich wieder versöhnen will.

KEVIN: Genau das ist es, was ich an Soaps ätzend finde. Darin wird eine künstliche Welt geschaffen und die Leute sollen denken, diese Kunstmenschen wären ihre Freunde oder ihre Familie.

JASMIN: Genau! Es ist ein ewiger Kreis. Manche Fans haben bestimmt nicht viele Freunde. Deshalb setzen sie sich den halben Tag vor die Glotze. Und dadurch haben sie erst recht keine Zeit und keine Gelegenheit, Freundschaften zu schließen.

MARA: Woher weißt du das denn so genau? Ich guck ganz häufig mit meinen Freunden zusammen.

KEVIN: Okay, okay.

BENJAMIN: Ihr werdet uns nicht dazu bringen, auf Soaps zu verzichten ...

JASMIN: Und ihr macht uns nicht zu Fans. Aber ist ja auch in Ordnung. Jeder soll schließlich gucken, was ihm Spaß macht.

Und plötzlich ist man berühmt

Vom Castingband zur Hauptrolle

Seit Tokessa Möller-Martinius jeden Tag in die Rolle der Sonja Wiebe schlüpft, hat sich ihr Leben entscheidend verändert: »Ich habe noch nie so viel am Stück gedreht, aber es macht Spaß«, sagt die Hamburgerin. Für die Rolle bei *GZSZ* brach Tokessa ihr Studium der Erziehungswissenschaften ab.

Mona Klare mimt seit Frühjahr 1999 Sonjas Schwester Barbara. Für Mona war die Umstellung nicht so gewaltig wie für Tokessa, spielt Mona doch schon seit vielen Jahren Theater. Doch auch für sie hat sich durch die Popularität einiges geändert, und nicht nur zum Vorteil: »Ich musste mir eine Geheimnummer zulegen, weil immer wieder Fans anriefen.« Bis zu ihrem Start bei *GZSZ* stand Mona einfach im Hamburger Telefonbuch.

Wie kommen Schauspieler überhaupt an eine Rolle in einer Soap? Zunächst erfinden die Storyliner eine Figur, Redaktion und Producer geben grünes Licht. Danach beginnt die Suche nach einem geeigneten Darsteller. Wenn die Produktion keine eigene Casting-Abteilung hat,

Stichwort Soap-Casting

Am besten bist du über achtzehn, hast in der Schule oder Freizeit schon Schauspielerfahrung sammeln können. Auch Models haben eine Chance. Wichtig ist gute, dialektfreie Aussprache, gutes Aussehen und Ausstrahlung.

beauftragt sie hierfür eine Agentur. Das passiert meist, mehrere Monate bevor der Darsteller drehen muss.

Bei der Besetzung einer Hauptrolle ist die Suche am intensivsten. Manchmal werden Hunderte zu einem Vorgespräch geladen, das auf Video aufgezeichnet wird. Dann wird gesiebt. Schließlich bitten die Casting-Agenten diejenigen, die in die letzte Runde gekommen sind, eine Szene zu spielen, die extra für die neue Rolle geschrieben wurde. Außerdem erhalten die Schauspieler Infos über Haupteigenschaften und Background der Figur. Sender und Produktionsfirma entscheiden nach dem Studiocasting gemeinsam über die Besetzung.

Hierbei spielen natürlich schauspielerische Fähigkeiten eine Rolle, aber auch, ob ein solcher Typ bereits in der Serie vertreten ist. Dann hat der Bewerber schlechte Karten, selbst wenn er ansonsten gefällt. Für die Besetzung der Silke Balzer bei *GZSZ*, einer Gastrolle, die 1999 ungefähr ein halbes Jahr drehen sollte, kam auch Mona Klare in die letzte Runde. Doch wurde sie nicht genommen, weil RTL fand, sie habe vom Typ her zu viel Ähnlichkeit mit Maren Thurm, die damals die Barbara in

Ideal ist es, dem Lebenslauf ein Video beizulegen, auf dem man in einer TV-Produktion oder in einem Theaterstück zu sehen ist. Da dies aber nur Leute mit Erfahrung vorweisen können, reicht zunächst auch ein Porträtfoto.

der Serie spielte. Zunächst Pech für Mona. Doch dann schied Maren Thurm wegen Schwangerschaft aus der Serie aus, und es stellte sich die Frage, ob man die Figur »herausschreiben« sollte oder ein Recast in Betracht kam. Da alle fanden, Barbara sei wichtig, entschied man sich für den Recast. Das heißt, die Figur sollte in der Serie bleiben und von einer anderen Darstellerin verkörpert werden. Glück also für Mona Klare, die sofort als neue Barbara besetzt wurde.

Wo bewerbe ich mich?

Welche Casting-Agentur welche Soap betreut, erfährst du am besten bei den einzelnen Produktionen. Die Adressen der Produktionsfirmen sind in dem Verzeichnis am Ende des Buches aufgeführt.

Dieser Vorgang des Recasting ist keineswegs ungewöhnlich: Als bei *Dallas* Barbara Bel Geddes aus gesundheitlichen Gründen eine längere Pause antrat, besetzten die Produzenten die unersetzliche Figur um und Donna Reed wurde für eine Weile »Miss Ellie«. Doch am Ende übernahm Barbara Bel Geddes, gesundheitlich wieder auf dem Damm und ungleich beliebter als ihre Nachfolgerin, ihren angestammten Part erneut.

Nadine Dehmel spielt seit 1996 bei *GZSZ* die Rolle der Nataly Jäger, eines bodenständigen Mädchens, das in der Serie schon viel Schreckliches erleben musste: Die beste Freundin starb, sie selbst wurde vergewaltigt, zwei Beziehungen gingen in die Brüche. Aber Nataly schafft es immer wieder, sich zu berappeln.

Nadine erinnert sich noch genau an ihr Casting: »Bei dem Vorgespräch sollte ich einfach irgendeine aufregende oder witzige Begebenheit aus meinem Leben erzählen. Ich entschied mich für etwas, das mir mit sechzehn passiert war. Auf dem Weg zu meinem ersten Presseball stürzte ich in der Garderobe. Das war superpeinlich, vor allem weil ich mir eine Laufmasche in die Strumpfhose gerissen hatte. Zum Glück hatte eine Pressefrau eine Ersatzstrumpfhose dabei.«

Zehn Darstellerinnen wurden für die Rolle der Nataly in die engere Auswahl genommen. »Beim zweiten Casting in Babelsberg sollte ich eine Szene mit einem möglichen Darsteller des Jörg Reuter spielen, für den damals ebenfalls eine Besetzung gesucht wurde. Henriette, die die Schauspieler bei *GZSZ* coacht, ging mit mir wie auch mit den anderen Bewerberinnen den Text durch. Ich war furchtbar aufgeregt und hatte Angst, mich zu versprechen. Aber dann ging alles ziemlich schnell vorbei und es gab auch keine Panne. Hinterher saß ich mit den anderen Bewerberinnen zusammen. Die meisten waren Modeltypen und viel größer als ich. Ich rechnete mir keine Chancen aus, zumal ich null Gefühl dafür hatte, wie das Casting gelaufen war. Doch zwei Tage später hatte ich die Zusage der Produktion!«

»Bei einer täglichen Serie mitzuspielen ist für viele junge Leute ein Traum«, sagt Silke Klug-Bader, die bei der Serie *Marienhof* fürs Casting zuständig ist. Täglich gehen bei den Firmen, die Dailys produzieren, Hunderte von Bewerbungen ein. Denn der Bedarf ist groß: Im *Marienhof* spielten seit dem Start der Serie 1994 bereits zwanzigtausend Komparsen, fünfhundert Nebendarsteller und fünfundachtzig Haupdarsteller mit.

Wurden zu Beginn der Daily-Ära noch viele Laien engagiert, hat sich dies inzwischen etwas geändert. Gerade die älteren Darsteller sind fast alle ausgebildete Schauspieler. Lediglich wenn ganz junge Rollen besetzt werden müssen, nimmt man auch Bewerber ohne fundierte Ausbildung.
Und immer wieder gibt's die Zufallsentdeckungen von talentierten Laien. Silke Fintelmann, bei *GZSZ* bis 1999 für das Casting zuständig, ging im Frühjahr 1996 privat auf die Rennbahn. Dort fiel ihr die Zahnarzthelferin Alexandra Neldel auf. Silke suchte gerade eine Besetzung für die Rolle ei-

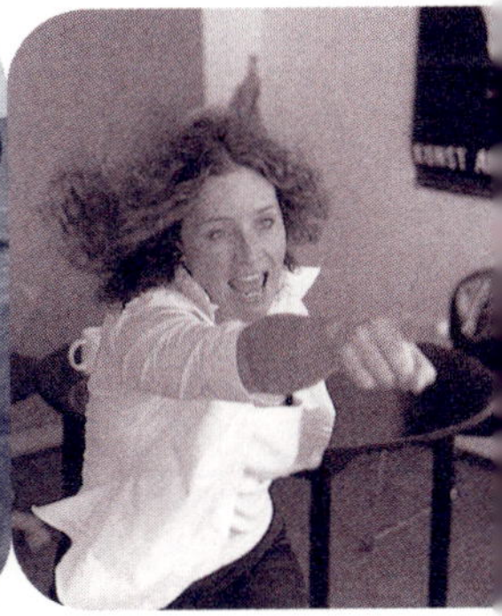

ner fiesen, aber hübschen Mitschülerin von Nataly Jäger und engagierte Alexandra vom Fleck weg. Da sie so gut ankam, wurde die Figur der Katja Wettstein zur Hauptrolle ausgebaut! Im Sommer 1999 stieg Alexandra bei *GZSZ* aus, um TV-Movies sowie einen Kinofilm zu drehen.
Solche Storys wecken die Sehnsüchte, selbst als Soap-Star entdeckt zu werden. »Der schnelle Erfolg und das viele Geld sind für junge Leute schon verlockend«, weiß auch Anja Beck vom Interessenverband Deutscher Schauspieler. Doch sie warnt vor Illusionen: »Der Verschleiß bei den täglichen Serien ist groß.« Deshalb empfiehlt sie eine solide Schauspielausbildung, die es einem ermöglicht, nach der Soap-Karriere auch noch andere Rollen anzunehmen.

Wie kommt die Seife in die Oper?

Geschichte der Soap

Mit den Soaps ist es ein bisschen wie mit dem Essen: Fast jeder isst bestimmte Sachen besonders gerne, kann andere nicht ausstehen und nur schwer begründen, warum. Bei Soaps ist es genauso: Einige Leute fahren voll drauf ab, andere wenden sich mit Grausen ab. Aber seit wann gibt es eigentlich Seifenopern? Wo kommt der Begriff her? Und wodurch unterscheiden sich Soaps von anderen Fernsehserien – wenn überhaupt?

Seifenopern gibt es schon wesentlich länger, als wir in die Glotze gucken. Die allererste hieß *Ma Perkins* und startete 1933 im amerikanischen Radio. Ein Manager des Waschmittelkonzerns *Procter & Gamble* hatte seine Frau beim Abwasch beobachtet. Die Arme spülte gerade – wie üblich ohne seine geschätzte Hilfe – das Frühstücksgeschirr und stellte dabei automatisch das Radio an, um sich abzulenken. Die ewigen Werbespots fand sie allerdings eher lästig. Der Manager, ständig auf der Suche nach neuen, Erfolg versprechenden Werbeideen für die Produkte seiner Firma, hatte plötzlich eine Idee: Wie wäre es, wenn man Reklame für Waschpulver und Seife durch kleine Spielhandlungen aufpeppen würde? Denn was bindet – so dachte der Manager – eine geplagte Hausfrau besser an nervtötende Werbespots als eine Fortsetzungsserie mit Situationskomik, Schicksalsschlägen und Lovestorys?

So gelangte mit *Ma Perkins* die erste tägliche Herz-Schmerz-Serie ins Radio, die ein Waschmittelkonzern finanzierte. Was natürlich bedeutete, dass Waschmittelwerbung gratis eingestreut wurde, und das nicht zu knapp. Schon bald folgten andere Firmen dem Beispiel von *Procter & Gamble*; sie

Andreas Stenschke
Das Erste
Das Erste

entwickelten ihrerseits Dauerserien, um für eigene Produkte Werbung machen zu können. Bezeichnenderweise müssen Autoren, die bei einer der von *Procter & Gamble* produzierten Soaps mitarbeiten, bis heute in ihren Verträgen unterschreiben, dass sie sich für die Dauer ihres Engagements bei keinem anderen Reinigungs- und Waschmittelhersteller verpflichten.
Schnell entstand der entsprechende Name für jene neue Art von Endlosgeschichten im Radio: Soap Opera. Seife wie in Waschmittel – klar. **Aber warum Oper?**
Nun, es muss in jedem Fall ähnlich hochdramatisch und emotional zugehen wie in einer Oper, wo die beiden Hauptdarsteller in der Regel unglücklich ineinander verliebt sind und sich erst ganz am Schluss, nach viel Gesinge und Gefuchtele mit den Armen, kriegen dürfen – oder auch nicht. Dann wird es besonders tragisch, nämlich wenn einer stirbt, nicht ohne vorher noch ein langes, trauriges Abschiedslied zum Dahinschmelzen gesungen zu haben. Die Zuschauer sind gerührt und schluchzen in ihre Taschentücher. Genau diesen Effekt wollten die Erfinder der Soap Opera auch. Und das **am liebsten jeden Tag** in neuen Variationen, damit die Hausfrau wieder einschaltet und neben der Fortsetzung der rührenden Geschichten der Waschmittelwerbung lauscht.
Zu diesem Zweck wurde auch der so genannte Cliffhanger erfunden beziehungsweise aus einer Schublade der Literaturgeschichte gekramt. Denn den Trick, Leser bei der Stange zu halten, indem man eine gefährliche Situation oder ungelöste Frage ans Ende einer Episode stellt, kannten schon die Schriftsteller des 19. Jahrhunderts. Sie verwandten ihn in ihren Fortsetzungsromanen.
Der Begriff Cliffhanger ist wörtlich zu verstehen: **Jemand hängt an einer Klippe** und kein Mensch weiß, ob er im nächsten Moment abstürzt oder doch gerettet wird. Um das zu erfahren, guckt man wie gebannt

hin – und schaltet am nächsten Tag wieder ein. Der Cliffhanger unterscheidet Daily Soaps grundsätzlich von anderen Fernsehformaten, zum Beispiel Krimis oder Arztserien. Deren Episoden enden in sich abgeschlossen. Außerdem sind sie nicht darauf angelegt, ewig zu laufen, während die Geschichten von Soaps ins Unendliche weitergesponnen werden können.

Soaps wurden also erfunden, um Konsumenten, vor allem Frauen, Werbespots unterzujubeln, die geschickt und unterhaltsam verpackt waren. Wen kann es daher wundern, dass Soaps von Anfang an einen schlechten Ruf hatten. Ein New Yorker Psychiater behauptete 1942 sogar, sie könnten krank machen, weil ihr Konsum zu »Angstzuständen, Schlaflosigkeit, Schweißausbrüchen, Schüttelfrost, Schwindelanfällen, Herzrhythmus- und Verdauungsstörungen« führen würde. Und 1988 empfahl die Zeitschrift *Junge Familie* ihren schwangeren Leserinnen dringend auf den Konsum von Serien wie *Dallas* und *Denver Clan* zu verzichten, da »Babys diese schon im Mutterleib mitbekommen. Im späteren Leben können sie dann nicht mehr auf solche Serien verzichten und werden danach süchtig«.

Trotz all dieser Warnungen waren Soaps von Anfang an ungeheuer beliebt und sind es bis heute geblieben. Auch hat sich ihr Publikum erweitert. Nicht nur Hausfrauen gucken heute Seifenopern, wobei es nach wie vor mehr weibliche Zuschauer jeder Altersstufe sind, die täglich einschalten. Selbst die ärgsten Soap-Gegner müssen zugeben, dass die so verachteten Billigserien zu den erfolgreichsten gehören, die im Fernsehen laufen, und zwar auf der ganzen Welt.

Wer im Urlaub in ein Land fährt, dessen Sprache er nicht versteht, kann ein interessantes Experiment machen: Man schalte den Fernseher ein und zappe ein wenig herum. Unter Garantie erwischt man im Nachmittags- oder Vorabendprogramm eine Soap und weiß unter Garantie auch, dass es sich um eine solche handelt, selbst wenn man kein

Wort von dem versteht, was die Schauspieler erzählen. **Und sie reden ununterbrochen.** Das ist eines der besonderen Merkmale von Soap, welches auch häufig kritisiert wird. Soap sei gar kein richtiges Fernsehen, finden viele, sondern **»Radio mit Bildern«**. Anders als bei einem Kinofilm, bei dem vieles ohne Worte erzählt wird, braucht man bei Soaps längst nicht immer genau hinzugucken, um zu kapieren, worum es gerade geht. Die Dialoge erklären es einem ohne Ende.

Doch nicht nur die Wortlastigkeit ist ein typisches Zeichen dafür, dass man bei einer Soap gelandet ist. Man erkennt sie auch am unverwechselbaren, billigen Studiolook, an den vielen Groß- und Naheinstellungen, an der übertriebenen Dramatik und den viel sagenden dramatischen Blicken, welche die Darsteller vor allem am Szenenschluss knapp an der Kamera vorbeiwerfen.

Heutzutage beherrschen Soaps das Fernsehprogramm vieler Länder, während kurz vor dem Zweiten Weltkrieg Dutzende von ihnen auf den diversen US-Radiostationen liefen. Eine davon gibt es heute noch, obwohl sie bereits 1937 zum ersten Mal auf Sendung ging. Sie heißt *The Guiding Light*, wechselte 1952 vom Radio ins Fernsehen und wird in Deutschland seit 1986 unter dem Titel *Springfield Story* ausgestrahlt.

Die älteste bei uns produzierte Daily Soap, *GZSZ*, läuft »erst« seit 1992. Einige Jahre später folgten *Verbotene Liebe*, *Marienhof* und *Unter Uns*, um die erfolgreichsten zu nennen. Soaps sind aus dem Fernsehalltag nicht mehr wegzudenken. Millionen von Zuschauern hocken Tag für Tag vor dem Fernseher, um nicht zu verpassen, wie es mit ihren Lieblingsfiguren weitergeht. Andere dagegen hören nicht auf über Soaps zu lästern. Es ist eben so wie mit dem Essen: Manche stehen auf Vanille-, andere auf Karamelleis und wieder andere mögen überhaupt nichts Süßes. Warum? Keiner weiß es.

Petra (18) hat zu deutschen Soaps ihre ganz persönliche Analyse abgeliefert – ohne jeden Anspruch auf Objektivität:

*Bei **Verbotene Liebe** finde ich toll, dass es sich vor allem um zwei Familien dreht, von denen die eine reich ist und die andere dem Mittelstand angehört. Das ist ein bisschen wie bei **Denver Clan** und **California Clan**, die ich beide sehr mochte. Sie waren von der Figurenkonstellation her ähnlich aufgebaut: der Patriarch mit seinen drei Frauen, eine davon das Biest. Die vier Kinder sind alle verheiratet. Und daneben gibt es die arme Familie.*

*Natürlich hat jeder einen anderen Anspruch an die Struktur einer Soap. Nicht jeder braucht zum Beispiel eine Familie mit strengem Vater und fieser Mutter. Andere gucken **GZSZ** lieber, weil in der Serie so viele Leute gerade nicht familiär gebunden sind. Und es gibt Fans, denen geht es nur um einen bestimmten Star. Jedem ist was anderes wichtig.*

***Unter Uns** gucken vorwiegend jüngere Leute, weil da die für sie interessanten Geschichten erzählt werden. Nicht so mein Geschmack. Sie sind zwar nett und süß, aber nicht wirklich spannend. Unter Uns ist einerseits die Soap mit den meisten Morden, aber andererseits auch mit solch absurden Cliffhangern wie: »Du hast mir nicht gesagt, wo der Rave stattfindet.«*

***GZSZ** finde ich von den Geschichten her etwas besser, aber bei der Serie stören mich die Schauspieler. Die meisten behaupten zwar, dass **Unter Uns** die schlechtesten Schauspieler hat, aber ich finde die bei **GZSZ** noch schlechter. Wo es besonders auffällt, ist bei den bösen Figuren, und für die hat **Unter Uns** meistens richtig starke Darsteller. Das fehlt mir bei **GZSZ**, von Jo Gerner mal abgesehen. Gerade bei den Biestern und Mistkerlen braucht man gute Schauspieler. Das ist total wichtig, sonst geht die ganze Geschichte kaputt. Bei den positiven Figuren oder auch denen, die mal nett, mal gemein sind, ist es nicht so wichtig, wie gut sie spielen.*

***Marienhof** ist die pseudo-sozialkritische Soap. Von den Geschichten her finde ich sie genauso gut erzählt wie **Verbotene Liebe**. Und sie haben manchmal die besten Schauspieler. Aber mich stört das ganze Drumherum. Da müssen zum Beispiel irgendwelche echten Rabbiner als Komparsen durchs Bild laufen oder sie engagieren einen Schauspieler, der an der Glasknochenkrankheit leidet. Das finde ich einfach zu dick. Genauso wie in der **Lindenstraße**. Soap ist Märchen, da will ich in eine schöne heile Welt eintauchen. Heil in Anführungsstrichen, denn natürlich muss auch immer was passieren. Aber bei **Marienhof** läuft alles nach der Masche: Hauptsache, wir zeigen was Sozialkritisches. Das wird auf jedes Problem, jede Story angewendet.*

***Geliebte Schwestern** fand ich okay. Die Serie hatte Schwächen, aber ich finde es trotzdem schade, dass sie abgesetzt wurde, weil sie teilweise sehr amerikanisch war, und das gefällt mir. Sie hatten ein paar Supercharaktere, zum Beispiel das perfekte Biest. Und es gab wieder diese Familie mit dem Professor als Patriarchen, dazu seine drei Frauen, und jede hatte ein Kind von ihm.*

***Jede Menge Leben** war ätzend, im Prinzip eine Dr.-Sommer-Soap nach dem Motto: Wie lösen wir die Probleme aller Teenies? So was ist langweilig. Die **Wagenfelds** und **Alle Zusammen** hatten sicher Fans, die die Serien gut fanden, aber bei **Jede Menge Leben** bezweifle ich sogar das. Die sind mit so einer wahnsinnigen Moral an die Geschichten rangegangen, es war schrecklich.*

***Mallorca** war als Daily Soap zu edel. Vielleicht hätte man daraus eine wöchentliche Serie machen sollen. Außerdem fand ich die Geschichten zu deprimierend. Da durften die Leute schon in der Sonne auf dieser angeblich so geilen Insel sein und dann heulte trotzdem ständig jemand am Strand. Und richtige Cliffhanger gab es fast gar nicht.*

Ein Leben ohne Soap kann ich mir nicht vorstellen

Ein Leben ohne Soap kann ich mir nicht vorstellen

»Ein Leben ohne Soap kann ich mir nicht vorstellen«

Bekenntnisse eines Soap-Junkies

»Ich gucke Soaps, seit ich elf bin. Als Flucht aus meiner Familie fing es an. Ich suchte in den Soaps eine neue. Ich glaube, jeder vermisst irgendwas in seinem Leben. Bei mir war das jedenfalls so. Jeder braucht Liebe, Vertrautheit, Wärme. Aus den Soaps kann man es sich holen. Und weil sie jeden Tag laufen, hatte ich bei ihnen – anders als bei anderen Fernsehserien oder Filmen – immer das irre Gefühl, dazuzugehören.

Jeden Tag konnte ich in diese Welt eintauchen, das fand ich klasse. Am Anfang war mir natürlich nicht bewusst, dass es eine Flucht war. Erst mit dreizehn kam ich dahinter, und zwar, weil ich nervös wurde, wenn ich meine Lieblingsserien nicht gucken konnte. Ich wollte doch wissen, wie es weitergeht! Ich wurde ganz hektisch, wenn meine Lieblingsse-

rien liefen, und ich wollte sie sehen – aber durfte nicht, weil meine Eltern es nicht zuließen. Sie hielten Soaps für Müll. Ausgerechnet die, von denen ich wegwollte, hinderten mich daran, fernzusehen, weil sie dachten, es sei nicht gut für mich. Wir hatten deswegen oft totalen Zoff zu Hause.
Auch für Freunde, Nachbarn und Lehrer war es unbegreiflich, dass ein Junge mit elf so auf Soaps abfuhr. Denn die Endlosserien liefen unter dem Label Hausfrauensendung. Viele hielten mich für krank im Kopf. Aber mir war das egal.
Losgegangen war alles mit dem *Denver Clan*, und das, obwohl ich die Serie bei der Erstausstrahlung kaum je sah. Meine Eltern verboten es mir, ich war angeblich zu klein. Erst als ich älter wurde, setzte ich mich durch, zog mir alle Wiederholungen rein. Von *Dallas* genauso.
Meine erste absolute Lieblingssoap war *California Clan*, für mich bis heute im Prinzip das Nonplusultra. Ich versäumte keine Folge, als die Serie endlich in Deutschland startete. Zunächst war ich der typische naive Fan, der keine Ahnung hatte, wie es weitergeht. *California Clan* war in der Anfangsphase eine absolute Räuberpistole. Es ging nur um Schießereien und Explosionen. Jede Folge endete mit einem Cliffhanger von der Art, bei der man nicht weiß: Ist die Figur jetzt tot oder kommt sie im Pick-up, also in der ersten Szene der nächsten Episode, lebend aus dem Auto gekrabbelt?
Ich beschäftigte mich mehrere Stunden am Tag mit *California Clan*, schrieb in Alben auf, was passierte, und sammelte Material über die Serie. Das war ein ziemliches Problem, weil man damals kaum Informationen bekam. Zeitschriften über Soaps gab es in Deutschland noch nicht.
Bald war ich nicht mehr nur auf *California Clan* fixiert. Wenn irgendwo eine neue Soap anfing – ich schaltete ein. Überschnitten sich Folgen oder konnte ich zu dem Zeitpunkt nicht fernsehen, nahm ich sie auf. Mit vierzehn verfolgte ich zwölf Soaps am Tag. Sogar die auf einem engli-

schen Hausfrauenkanal: zwei Soaps, die in den USA bereits seit zwanzig Jahren abgesetzt waren. Aber das war mir egal. Ich musste sie sehen! Ich war nicht mehr Fan von einer bestimmten Serie, sondern von dem Phänomen Soap. Ich schrieb ausführliche Castlisten, wusste genau, wer wann neu ein- und wer ausstieg, wie die Schauspieler hießen, welche Folge wann gedreht wurde. Ich sammelte jeden Schnipsel zum Thema Soap, den ich erwischen konnte.

Auch andere Fans stellen Alben zusammen, allerdings nur zu einer Soap oder einem Star, nicht zu Soaps an sich. Aber ich versuchte auf diesem Weg herauszufinden, welche Geschichten es vielleicht noch nicht gegeben hatte. Denn ich wollte meine eigenen erfinden! Dafür brauchte ich so viele Anregungen wie möglich. Und allmählich begann ich zu kapieren, wie Soap-Geschichten funktionieren.

Mit den Scripts schaffte ich mir meine eigene Welt. Während der Lehrer vorne unterrichtete, saß ich in der Schule und schrieb Soap-Drehbücher. Natürlich kam das raus. Einerseits fanden meine Eltern, Lehrer und Freunde es in Ordnung, dass ich nicht nur Fernsehen guckte, sondern selbst was schrieb. Andererseits konnten sie mit dem Inhalt nichts anfangen. Ständig musste ich mich verteidigen.

Eine Zeit lang identifizierte ich mich extrem mit den Soap-Figuren. Ich wollte im wahren Leben Dinge tun, die mir vorgespielt wurden. Nicht immer war das Ergebnis schön. Denn ich hatte von Anfang an ein Faible für die bösen Charaktere. Einmal überlegte ich mir tatsächlich, wie ich eine Mitschülerin beseitigen könnte, auf die ich sauer war. Ich wollte es genauso machen wie Gina, das Biest aus *California Clan*. Meine absolute Lieblingsfigur! Ich steigerte mich voll da rein, das war echt die Härte.

Die Serien-Biester liebe ich einfach. Hauptsache, sie sind böse, sehen umwerfend aus und tragen eine kostbare Abendrobe. An bestimmten Frauen in den Soaps, zum Beispiel

Clarissa und Tanja aus *Verbotene Liebe*, bewundere ich, dass sie sich als Frauen in der Männerwelt behaupten können. Sie verhalten sich anders als die männlichen Bösewichte, sind hinterlistig und elegant in ihren Intrigen. Die Schurken in den Soaps bevorzugen die harte oder physische Tour, das hat mich nie besonders interessiert. Durch meine Vorliebe für die ›bitches‹ begriffen übrigens einige Leute noch vor mir selbst, dass ich schwul bin.
Eine Zeit lang sprachen mich die Soap-Biester auch erotisch an. Ich wusste zwar schon, dass ich auf Jungs stehe, aber

das schloss sich nicht aus. Schwule lieben häufig weibliche Stars – Frauen wie Madonna oder Bette Middler, die sich behaupten und Stärke ausstrahlen. Die hätte man gerne als beste Freundin. Und am liebsten wäre man auch ein wenig wie sie.
Ich bin schon ziemlich verrückt, was Soaps angeht, und würde einiges tun, um die Schauspieler kennen zu lernen. Ich fuhr extra nach Amerika, um die Studios von *California Clan* zu besuchen, und bin richtig ausgeflippt. Das konnte einfach niemand begreifen. Erst als die deutschen Dailys anfingen und allmählich Kult wurden, änderte sich das.

Ein Leben ohne Soaps kann ich mir nicht vorstellen. Als ich nach Köln kam, hatte ich einen Scheißjob, mir ging es nicht gut. Die Soaps waren das Einzige, was mich ein bisschen den tristen Alltag vergessen ließ. Wenn es mir gut geht und ich beschäftigt bin, muss ich nicht immer alles sehen. Aber wenn es mir schlecht geht oder ich über etwas hinwegkommen muss, stehen Soaps bei mir im Zentrum.
Sie helfen mir nicht nur, mich abzulenken. Als ich jünger war, versuchte ich mir die Gestik der Personen anzueignen, weil ich mich damit sicherer fühlte oder sie einfach toll fand. Meinen Humor, der manchmal ein bisschen zynisch ist, habe ich mir beispielsweise durch die Soap antrainiert. Soaps sind einfach klasse, es muss immer mehr Soaps geben und sie müssen immer besser werden! Weil ich so auf Soaps stehe, denken die meisten, dass ich mir im Kino am liebsten Hollywoodschinken angucke. Von denen sagen viele, sie seien wie Soaps. Aber ich finde sie grauenhaft. Für mich gehört Soap ins Fernsehen, nicht ins Kino.
Dabei verfolge ich viele gar nicht mehr richtig, sondern schalte ein, schau mir den Pick-up an und dann den Cliffhanger, weil das die spannendsten Momente sind. Den Rest spare ich mir. Was dazwischen passiert, kann ich mir vorstellen.
Vorherzusagen, wie Geschichten weitergehen, fällt mir mittlerweile nicht mehr schwer. Zum Beispiel bei den Cliffhangern nach dem Motto: Kriegen die beiden sich oder nicht? Man weiß genau, die beiden kennen sich erst seit vier Wochen, die kommen mit Sicherheit noch nicht zusammen. Wenn man elf Jahre Soap geguckt hat, durchschaut man irgendwann, dass alles nach dem gleichen Schema abläuft. Aber das macht nichts, toll ist es trotzdem. Deshalb werde ich nie aufhören Soaps zu sehen!«

TOM (22) hat seine Leidenschaft zum Beruf gemacht. Er arbeitet seit 1998 als jüngster Storyliner Deutschlands.

Bedingt bedenklich

Eine Psychologin über Soaps

»Es gibt mehrere Gründe, warum sich Jugendliche von Soaps faszinieren lassen. Einer ist sicher, dass es in ihnen vorwiegend um Gefühle geht. Ein wichtiges Thema, gerade für junge Menschen. Die Medienforscher Mikos und Moeller schrieben schon 1985, bevor es mit den Soaps richtig losging: ›In einer Zeit zunehmender Technisierung, in der uns die Welt nur noch kalt und emotionslos gegenübertritt, hat Emotion, verpackt als massenkulturelles Produkt, Hochkonjunktur.‹
In den Soaps kann stellvertretend etwas erlebt werden, was im eigenen Leben kaum noch vorhanden ist: große Gefühle. Und zugleich können diese großen Gefühle bequem wieder ausgeschaltet werden. Der Druck auf die Fernbedienung reicht, die Gefühle auszuknipsen, wenn sie einem zu nahe gehen. Das geht im eigenen Leben nicht. Dort muss man sie bis zum – manchmal bitteren – Ende erleben und erleiden.
Ein weiterer Grund für die wachsende Fan-Gemeinde der Daily Soaps ist, dass die Charaktere regelmäßig auf dem Bildschirm erscheinen und für den Fan fast zu Freunden werden. Man kennt ihr Leben, kennt ihre Leiden besser als

die des Nachbarn. Tatsächlich entsteht der Eindruck, man stünde mit den Serienhelden in einer zwischenmenschlichen Beziehung.

Auch erweckt die Endlosigkeit der Soaps, in die teilweise sogar aktuelle Ereignisse eingebaut werden, zum Beispiel Fußballweltmeisterschaften oder Weihnachten, den Eindruck, dass die Handlung der Serien und das Leben der Zuschauer gleichzeitig verlaufen. Damit verstärkt sich das Gefühl, dass es sich bei den Soaps um wirkliches Leben handelt und die Charaktere Menschen von nebenan sind.

Natürlich liefern auch die Inhalte der Soaps eine Menge Gesprächsstoff. Jugendliche tauschen sich über die Probleme ihrer ›Freunde auf der Mattscheibe‹ aus und sind in, wenn sie bestimmte Sendungen verfolgen und mitreden können.

Die Serienhelden sind so gestaltet, dass möglichst viele Zuschauer sich mit ihnen identifizieren können. Für jeden Geschmack ist eine Figur dabei. Der Lieblingscharakter durchlebt stellvertretend für den Fan Konflikte, meistert Probleme oder scheitert an ihnen. Auch lebt er vielleicht ein Leben, das der Zuschauer für sich selbst erträumt. Insofern ermöglichen Soaps den Zuschauern auch, ein Stück aus dem Alltag zu fliehen, die eigenen Probleme hinter sich zu lassen. Und sich vielleicht damit zu trösten, dass es nicht nur im eigenen Leben Schwierigkeiten gibt.
Sicher suchen die Zuschauer und Zuschauerinnen in den Soaps auch nach Orientierung und Lebenshilfe. Dabei stellt sich allerdings die Frage, inwieweit ihnen diese tatsächlich geboten werden können, weil die Serieninhalte von der Lebenswirklichkeit doch recht abgehoben sind. Denn obwohl ich den Soap-Machern nicht abstreiten will, dass sie sich um Realitätsnähe bemühen, sind es letztlich erfundene Geschichten. Zugunsten der Dramatik wird vieles übertrieben oder verknappt.
Es erfordert meiner Meinung nach von den Machern ein hohes Maß an Verantwortlichkeit und Fingerspitzengefühl, Jugendlichen lebbare und umsetzbare Lebensentwürfe und mögliche Lösungen für Probleme vorzuführen. Die Soap-Autoren müssten realistische Konzepte in ihren Geschichten anbieten, damit diese nicht nur pauschale Patentrezepte beinhalten. Sie müssten versuchen die ganze Bandbreite menschlicher Lebensentwürfe zu berücksichtigen. Dies scheint mir bei der Geschwindigkeit, in der die Geschichten entstehen, unmöglich.
So bleibt als Gefahr, dass Jugendliche versuchen könnten die im Fernsehen vorgelebten Ideen und Verhaltensweisen, die leider nur im Rahmen einer durchstrukturierten Filmhandlung stimmig sind, auf das reale Leben zu übertragen. Dadurch sind ihre Versuche, die Serienhelden nachzuahmen, zum Scheitern verurteilt. Denn die eigene Lebens-

wirklichkeit ist unendlich viel komplexer und unvorhersehbarer!
Insgesamt halte ich das Risiko aber für ziemlich gering, dass bei Fans von Soaps der Bezug zur Realität verloren geht. Fernseh- und Lebenswirklichkeit scheinen gut nebeneinander herlaufen zu können. Manchmal ergänzen sie sich sogar, zum Beispiel indem emotionale Bedürfnisse durch die Serie befriedigt werden oder der Inhalt der Soap-Geschichten zum Gesprächsstoff auf dem Schulhof und im Jugendtreff wird.
Mir persönlich liegt vor allem die Darstellung der Geschlechterrollen in den Soaps am Herzen oder vielmehr im Magen. Eine Studie über Fernsehserien, mit der ich vor einigen Jahren beschäftigt war, zeigte leider, dass sich an der traditionellen Rollenverteilung im TV wenig geändert hat. Nach außen hin sieht es modern aus, wie die Männer und Frauen in den Soaps miteinander umgehen, aber unter der Oberfläche werden die alten Muster präsentiert. Diese sind deshalb so schwierig zu durchschauen, weil vordergründig den Frauenfiguren im Fernsehen selbstverständlich zugestanden wird, einen Job zu haben und Entscheidungen zu treffen. Aber wenn man genau hinsieht, ist die Gleichwertigkeit und Gleichberechtigung der Geschlechter im Fernsehen mindestens so weit von der Wirklichkeit entfernt wie im wahren Leben – manchmal sogar noch weiter.
Die ungute Wirkung dieser Rollenklischees ist mit Händen zu greifen: Junge Frauen erleben in ihrem Alltag, dass man sie auf Heim und Herd festlegen will. Sie wollen sich damit aber vielleicht nicht abfinden. Sie möchten, dass man ihnen andere Möglichkeiten zeigt, wie Männer und Frauen miteinander umgehen können. Doch die Soaps lassen sie bei dieser Suche weitgehend allein.«

DR. MONIKA WEIDERER, Psychologin an der Universität Regensburg

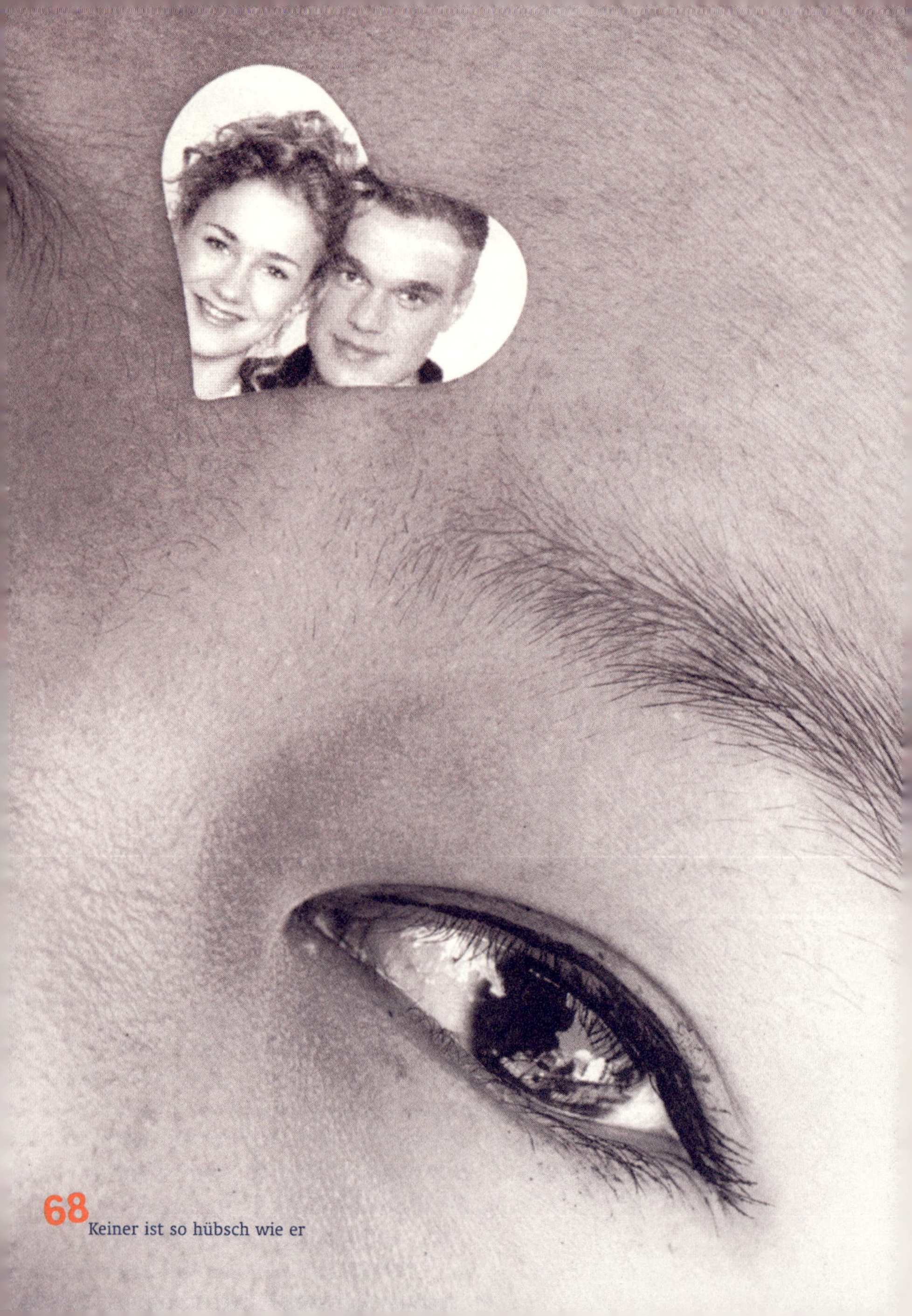

»Keiner ist so hübsch wie er«

Verliebt in einen Serien-Star

MARTIN (15) schaut nur ab und zu *Marienhof* oder *GZSZ*. Er bleibt beim Zappen manchmal hängen, weil er gut dabei abschalten kann. Ganz anders seine Schwester Maja. Die darf man zwischen abends sieben und Viertel nach acht nicht ansprechen, weil dann ihre Lieblingsserie läuft. Hier Martins Meinung zu der Frage, warum manche Mädchen so nervös werden, wenn sie einmal eine Folge ›ihrer‹ Serie verpassen:

»Soap-Fans teilen sich in zwei Lager: Die einen finden die Serien wegen der Geschichten gut. Aber die Mehrheit fährt voll auf einen Star ab, vielleicht auch auf zwei, drei. Ich glaube, es ist besser, sich nicht auf eine Figur festzulegen. Wenn du auf verschiedene Charaktere stehst, findest du in jedem was von dir wieder. Einer ist vielleicht nur selbstlos oder der volle Materialist, ein anderer besonders clever oder witzig. Die Figuren in den Soaps haben alle möglichen Eigenschaften, wie normale Leute. Du kannst dir aussuchen, wem du gerne ähnlich wärst, und auf den fährst du in der Regel besonders ab.

Manchmal wird das allerdings extrem, nämlich dann, wenn sich jemand in einen Star verknallt. Einige Mädchen aus

meiner Klasse sind absolut fanatisch und dürfen keine Folge ›ihrer‹ Serie verpassen. Die schauen sie dann überhaupt nicht mehr wegen der Geschichten oder der Figuren insgesamt an, sondern weil sie auf einen bestimmten Boy total fixiert sind. Dadurch finden sie auch zwangsweise jede Geschichte mit ihm gut. Und wenn er in der Folge nicht vorkommt, sind Folge und Geschichte uninteressant.
Ich kenne das aus eigener Erfahrung. Denn meine Schwester fährt voll auf einen von denen ab, die bei *GZSZ* mitspielen. Das nervt ganz schön. Wehe, jemand anderer aus der Familie will umschalten, während die Serie läuft, oder was per Video aufnehmen, wenn sie sich gerade zum x-ten Mal eine Folge mit dem Typ ansieht. Die Geschichte ist ihr dabei völlig egal; es stört sie auch nicht im Mindesten, wenn irgendwas unglaubwürdig ist. Hauptsache, ihr Liebling ist auf dem Schirm! Sie lauert auf jede Szene mit ihm. Ich habe gar nichts gegen Soaps, ich gucke sie sogar ab und zu ganz gerne. Aber Maja ist richtig hysterisch, wenn *GZSZ* läuft.«

MAJA (13) beschreibt, wie es sie gepackt hat:
»Meine beste Freundin Tina schwärmte mir ständig vor, wie süß sie Oli. P fände und wie sehr sie sich in ihn verknallt hätte. Eigentlich hielt ich Soaps für öde, schaute mir nur manchmal *Verbotene Liebe* und *Marienhof* an, eher aus Zufall oder weil mein Bruder gerade guckte. Doch um Tina einen Gefallen zu tun, guckte ich mir dann auch mal *GZSZ* an. Schließlich wollte ich wissen, was sie an Oli. P so toll findet. Verstehen konnte ich es ehrlich gesagt nicht, obwohl er so bekannt und beliebt ist. Ich fand ihn zwar ganz niedlich, aber richtig interessiert hat er mich nicht.
Doch dann kam ein neuer Schauspieler in die Serie: Patrick Harzig, der Recast für Peter Becker. Und ich habe mich spontan in ihn verliebt. Er sieht so süß aus, mit seinen langen Haaren, seinem lustigen Lächeln und seinem tollen Body. Außerdem mag ich, dass er so anders ist als die anderen in

der Serie. Er ist Künstler, tut immer das, wozu er Lust hat, und ist ein toller Kumpel und Freund. Ganz anders als die Jungs bei mir in der Schule. Die machen immer nur blöde Bemerkungen und sehen auch nicht so gut aus wie Patrick. Keiner ist so hübsch wie er. Ich will genau wissen, wie es mit ihm weitergeht, und gucke natürlich jeden Tag *GZSZ*. Ich habe meine Zimmerwand mit seinen Fotos tapeziert und denke ständig an ihn. Wenn ich ihm eines Tages wirklich gegenüberstände, ich glaube, ich würde in Ohnmacht fallen.«

Im Gegensatz zu Maja findet **MELANIE (16)** den einen oder anderen Star klasse ohne deshalb gleich verliebt zu sein:
»Manchmal finde ich einen von den Serientypen einfach süß. Das hat nichts damit zu tun, ob ich einen Freund habe oder nicht. Ich kann für jemanden schwärmen und gleichzeitig einen Freund haben, das schließt sich nicht gegenseitig aus.«

FRANZISKA (17) beschreibt ihre Erfahrungen so:
»Man hat eine bestimmte Vorstellung davon, wie die Schauspieler sind, weil man sie auf dem Bildschirm sieht. Man findet sie süß oder erotisch. Wenn man sie dann kennen lernt, kommt es total darauf an, ob der Schauspieler so ist wie seine Rolle oder ganz anders. Entweder man ist dann desillusioniert oder eben nicht. Manchmal passiert es sogar, dass die Stars in Wirklichkeit noch knuddeliger sind als in der Rolle. Mir ging es so mit Stephen Dürr, der früher bei *Unter uns* den Till spielte. Ich fand ihn schon in der Serie gut. Aber als ich ihn bei einer Autogrammstunde kennen lernte, war ich total hin und weg. Eine Zeit lang war ich schon irgendwie in ihn verliebt und habe keine Folge von *Unter uns* verpasst. Aber als ich dann meinen jetzigen Freund traf, hörte das auf.«

Einmal Studio und zurück
Komparsenalltag

Die große Film- und Fernsehkarriere ist für viele ein Traum. Ein Star sein, im Rampenlicht stehen, viel Geld verdienen – wer will das nicht? Doch nur wenige schaffen den Sprung vom Nobody zum gefragten Fernseh- und Kinohelden. Dennoch: **Dabei sein kann (fast) jeder.** Zumindest wenn es sich um Komparsenrollen handelt. Die zu bekommen ist nämlich gar nicht so schwer!

STEFAN (18) sitzt am Tresen der Szene-Kneipe »Daniels Bar« und nippt an einer Cola. Manchmal flippert er sogar oder spielt Billard. Und bekommt Geld dafür! Denn in der Bar zu sitzen ist sein Job. Und um den beneiden ihn viele. »Daniels Bar« ist eine der Hauptkulissen von *GZSZ*. »Für mich ein willkommenes Zusatztaschengeld«, sagt der schlaksige Schüler. Außerdem will er Studioluft schnuppern, sich an die Atmosphäre gewöhnen, denn nach dem Abi hat er vor sich bei einer Schauspielschule zu bewerben. Ständig suchen die Seifenopern nach Nebendarstellern. Wenn sie gut sind, dürfen sie sogar den einen oder anderen Satz sagen. Meist beschränkt sich das allerdings auf Floskeln wie »Guten Tag« oder »Auf Wiedersehen«.

DANIELA (16) hatte besonderes Glück. Ihr Vater arbeitete bei *Unter uns* und besorgte ihr sogar eine Mini-Rolle, als

Freundin der Figur Anna Weigel: »Ich spielte in zwei Szenen mit und wir, zwei andere Mädchen und ich, fuhren dafür zweimal ins Studio. Einmal für die Proben, das andere Mal für den Dreh. Wir wurden nett behandelt, vom Team und auch von den Stars. Das Mädchen, das Anna spielt, war richtig froh, ausnahmsweise jemanden in ihrem Alter dabeizuhaben. Der andere Schauspieler, der in der Szene auftrat, war auch okay zu uns. Und das Team hat uns alles genau erklärt. Wie das bei den Dreharbeiten funktioniert, was wir tun müssen und was wir auf keinen Fall machen dürfen, wenn die Kamera läuft.«

Schauspielerin will Daniela deshalb nicht werden. Sie möchte später mal Psychologie studieren, hat aber nichts dagegen, ihr Taschengeld gelegentlich durch kleine Fernsehauftritte aufzubessern. Als Komparse verdient man bis zu hundertfünfzig Mark pro Tag.

Mit **DAVID (17)** treffen wir jemanden, der von Soaps eigentlich nicht viel hält. Dennoch hat auch er Komparsenerfahrungen gesammelt, nämlich bei *Verbotene Liebe*. Denn er interessiert sich für Film und Fernsehen, vor allem für die Technik.

»Wir sollten mehrere Outfits mitbringen. Zuerst musste ich in der Kneipe am Tisch sitzen und mit jemandem Karten spielen. Ein andermal stand ich am Flipper. Und mein Freund sollte mit einer Sporttasche durchs Bild rennen. Weil die Szenen für verschiedene Folgen waren, mussten wir uns

ständig umziehen. Denn dadurch fällt später auf dem Bildschirm nicht so auf, dass jeden Tag dieselben Leute in der Kneipe herumsitzen.«

David fand seinen Tag als Komparse ziemlich spannend: »Alles lief total profimäßig ab. Es war interessant, mitzukriegen, wie das am Set abgeht, wie oft die zum Beispiel eine Einstellung wiederholen müssen. In einer Szene mussten sich zwei umarmen, die haben das nicht auf die Reihe gekriegt, dass es echt aussah. Deshalb mussten wir dieselbe Szene fünfmal wiederholen, immer wieder trinken, unsere Gläser wurden ständig nachgefüllt und dauernd musste ich Karten spielen. Mein Freund hatte schon einen total langen Arm, weil er die ganze Zeit die Sporttasche tragen musste. Allmählich wurde die Stimmung im Studio schlechter, weil man die vorgesehene Zeit überschritt. Einige schrien sich dann auch an, nach dem Motto: ›Jetzt konzentrier dich end-

lich‹, oder: ›Verdammt, wir müssen das abdrehen, sonst kriege ich meinen Flieger nicht.‹ Aber zu uns Komparsen waren alle freundlich.«

David betrachtete das Geschehen um sich herum eher cool, aber er beobachtete auch andere Kleindarsteller, die viel aufgeregter waren: die echten Serienfans nämlich. »Für die war es natürlich total das Paradies, weil sie ihre Stars aus nächster Nähe erleben konnten. Sie wuselten in den Dekos herum und konnten nicht fassen, dass alles so aussah wie im Fernsehen. Für die echten Fans war es der Hit, hinter der Theke vom ›No Limits‹ zu stehen und zu entdecken, dass die Fässer bloß Attrappen sind. Ich fand anderes spannender, zum Beispiel wie die Szene in der Deko stattfand, gleichzeitig auf dem Monitor erschien und sofort, schon beim Drehen, geschnitten wurde.«

David sprach in den Pausen auch mit einigen aus dem Team, Beleuchtern und Kameramännern, denn er wollte herausfinden, was sie von ihrer Arbeit halten: »Ich hatte den Eindruck, dass sie das Ganze nicht so megaernst nehmen. Das gilt auch für die Schauspieler. Niemand bildete sich ein große Kunst zu machen. Soaps sind Produkte, bei denen es nicht darum geht, was Innovatives, Kreatives zu schaffen, sondern darum, eine halbe Stunde Sendezeit so schnell wie möglich abzureißen. Es ist verdammt viel Arbeit, wahnsinnige Konzentration ist nötig, denn unheimlich viel kann schief gehen. Deshalb muss man wahrscheinlich eine gewisse positive Einstellung zu der Serie haben, sonst hält man den Stress nicht aus. Es bringt bestimmt nichts, diesen Job nur widerwillig oder ausschließlich wegen der Kohle zu machen, dafür ist er zu anstrengend.«

FAMILIE
BIHUHN
1st LOVE
COCK (3)
1983
7/7/5
BIHUHN
COCK
FAMILIE
1st LOVE (3)
1984
6/7/5
COCK
FAMILIE
ANDY
1985
6/7/5
COCK
ANDY
VATER

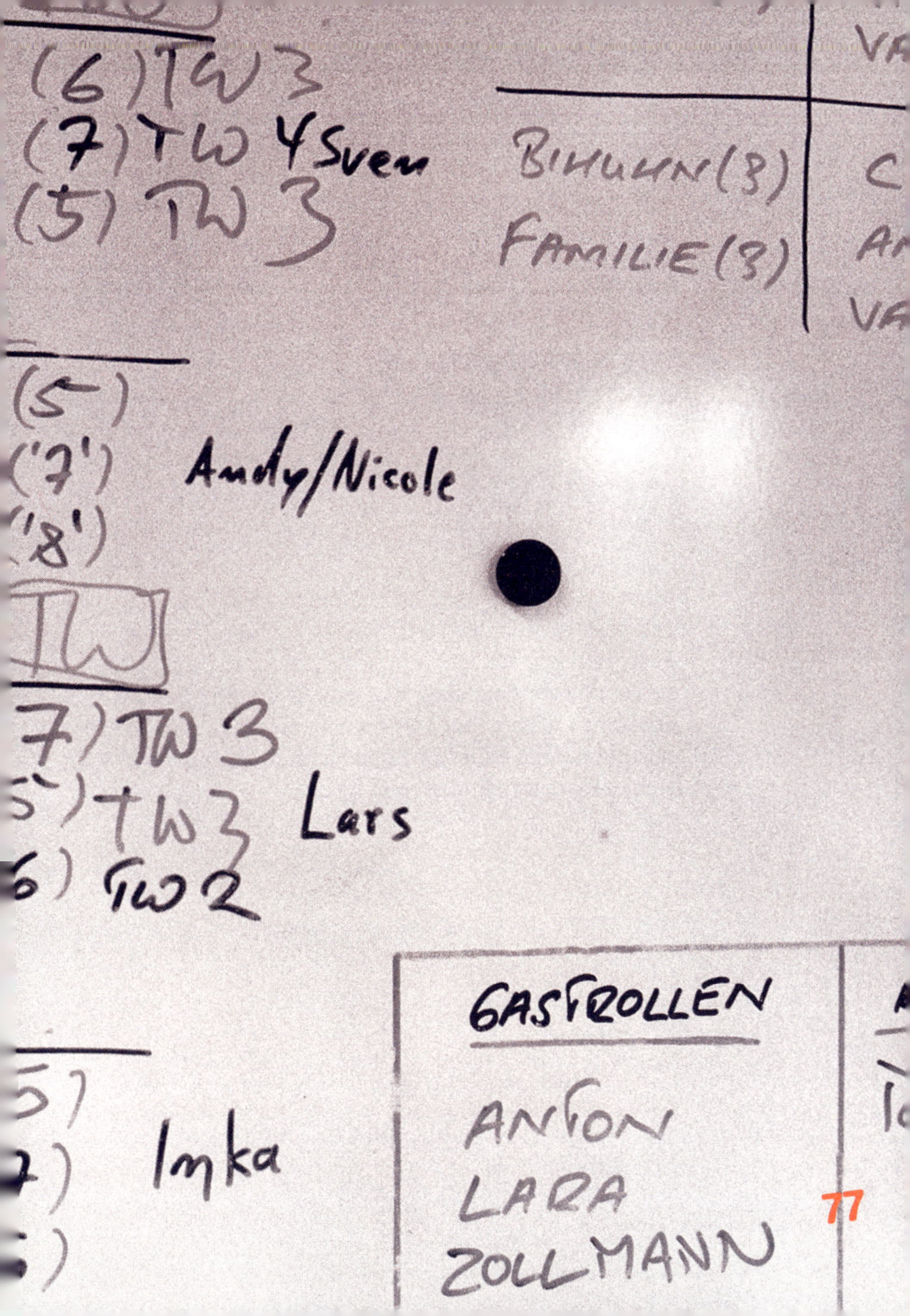
(6) TW 3
(7) TW 4 Sven
(5) TW 3
FAMILIE (8)
(5)
('7') Andy/Nicole
('8')
TW
7) TW 3
5') TW 3 Lars
6) TW 2
Imka
GASTROLLEN
ANTON
LARA
ZOLLMANN

Schwestern, die sich nicht kennen

Zwei Schauspielerinnen erzählen

Marina Mehlinger und Nadine Brandt, in *Verbotene Liebe* die Schwestern Milli und Steffi Sander, plaudern aus dem Nähkästchen: wie aus Menschen, die einander fremd sind, eine Familie werden kann; wie man es schafft, sich auf dem Schirm zu mögen, auch wenn man privat gerade Zoff hat; wie man einen eifersüchtigen Freund beruhigt, weil man seinen Filmpartner küssen muss ...

NADINE: Der Kontakt zwischen Marina und mir entstand zwangsläufig dadurch, dass sie die Erste war, mit der ich drehte. Als ich an meinem ersten Tag ins Studio kam, saß sie in der Kantine. Ich wusste, dass sie meine Schwester spielt, weil ich beim Casting Fotos von ihr gesehen hatte. Also stellte ich mich vor. Das war schon etwas seltsam: Hallo, du kennst mich zwar nicht, aber ich bin deine Schwester. Dann unterhielten wir uns länger, sie hat mich auch noch im Auto mitgenommen, aber sonst lief erst mal nichts.

MARINA: Außerhalb des Studios sind wir erst später

Freundinnen geworden. Als wir dann befreundet waren, sprachen wir einmal darüber, welchen Eindruck wir voneinander zu Beginn hatten. Das war ziemlich interessant. Nadine ist ein zurückhaltender Mensch, während ich spontan auf die Leute zugehe. Wenn ich merke, die Wellenlänge stimmt nicht, ziehe ich mich zurück. Bei Nadine ist es genau umgekehrt. Sie ist erst distanziert und geht dann auf die Leute zu, die sie mag. Am Anfang dachte ich, sie ist ein Eisblock.

NADINE: (lacht)

MARINA: Ich meine das nicht negativ. Trotzdem dauerte es sehr lange, bis wir außerhalb der Arbeit etwas zusammen unternahmen.

NADINE: Wenn ich von vornherein weiß, dass jemand wichtig für mich werden kann, gehe ich noch mal anders auf ihn zu als auf Leute, die ich nur flüchtig kennen lerne. Ich wusste, dass ich mit Marina viel zu tun haben würde. Deshalb war ich am Anfang bei ihr sogar noch zurückhaltender als sonst. Wenn man gleich offen auf Leute zugeht und dann feststellt, dass sie einem eigentlich auf die Nerven gehen, ist es blöd, das im Nachhinein rückgängig zu machen.

MARINA: Klar. Und wir hingen ja trotzdem ständig aufeinander, in der Produktion und auch sonst. Wir waren beide neu in Köln, erledigten gemeinsam alltägliche Dinge. Wir brachten zum Beispiel unsere Wäsche zusammen in den Waschsalon und wechselten uns mit dem Fahren zum Studio ab. Es war wie in einer Zweck-WG, ohne dass wir zusammenwohnten. Und die entwickelte sich irgendwann zu einer Freundschaft. Wenn ich heute ein Problem bei der Arbeit habe, ist Nadine der Mensch, mit dem ich am besten drüber reden kann. Denn sie macht die gleichen Erfahrungen wie ich und kann deshalb am besten beurteilen, wie es mir in puncto Arbeit geht.

NADINE: Wir haben uns im Laufe der Zeit natürlich auch mit anderen Leuten aus der Produktion angefreundet.

MARINA: Mit Kerstin, der Kostümassistentin, versteht sich Nadine zum Beispiel hervorragend, mindestens genauso gut wie mit mir. Sie passen im Prinzip sogar besser zusammen als wir. Nadine und ich könnten uns nämlich ganz schön in die Haare kriegen, glaube ich.

NADINE: Mit Marina verbinden mich andere Sachen als mit Kerstin oder meinen Schulfreundinnen. Zum Beispiel die Tatsache, dass wir im Fernsehen Schwestern sind, jeden Tag. Das ist schon komisch: Zwei Leute, die sich überhaupt nicht kennen, spielen plötzlich Verwandte oder ein Liebespaar, wie bei Lucca, dem Nick-Darsteller, und mir.

MARINA: Es hilft uns bestimmt bei der Arbeit, dass wir uns gut verstehen. Am Anfang waren wir so unterschiedlich, aber jetzt, zusammen mit Raphaëla, die unsere Mutter spielt, sehen wir aus wie eine richtige Familie.

NADINE: Ich würde immer versuchen mit meinen Partnern gut auszukommen. Ich muss mit ihnen nicht dick befreundet sein, aber Höflichkeit und Respekt füreinander sind bei einer so intensiven Zusammenarbeit wie in der Soap sehr wichtig. Anti zu sein ist nicht sehr produktiv, wenn man sich auf eine lang laufende Serie einlässt. Im Theater löst sich der Zusammenhalt der Truppe nach der Premiere meistens auf, während wir hier in der Soap oft jahrelang zusammen spielen und deshalb irgendwie miteinander klarkommen müssen.

MARINA: Mit Professionalität kann man dabei allerdings viel erreichen. Ich beobachte das bei Raphaëla und Freya. In der Geschichte verlieben sie sich ineinander, also muss beruflich eine Annäherung stattfinden. Aber privat läuft es bei denen nicht so easy, so selbstverständlich wie bei uns, vielleicht weil sie älter sind. Trotzdem kriegen sie ihre Liebesszenen gut hin. Ich dagegen bin nicht nur mit Nadine befreundet, damit wir in unseren Rollen als Schwestern glaubhaft sind.

NADINE: Ja, bei anderen Kollegen geht es nur um den Dreh. In dem Moment, wo ich aus dem Studio wegfahre, habe ich sie vergessen. Aber ich kann mir nicht vorstellen, dass mein Kontakt zu Marina abbricht, wenn wir nicht mehr zusammen bei *Verbotene Liebe* arbeiten.

MARINA: Und gerade für die Szenen, in denen wir uns streiten, ist es gut, dass wir uns privat verstehen. Denn so hat man das Vertrauen, sich vor der Kamera anbrüllen zu können, ohne dass die andere es persönlich nimmt und sauer wird. Man kann so zickig sein, wie man will. Dann bringen Zoff-Szenen echt Spaß. Sie sind sowieso meistens interessanter zu spielen als Harmonie.

NADINE: Nur einmal war es schwierig. Wir hatten uns privat gestritten. Und danach wurde ich das Gefühl nicht los, dass Marina jetzt was gegen mich hat. Eine total blöde Situation. Wir wussten überhaupt nicht mehr, wie wir aufeinander zugehen sollten, und sind uns ausgewichen. Irgendwann, endlich, nach einem Monat, quatschte ich sie ziemlich betrunken auf einer Party an und fragte, ob wir uns nicht wieder vertragen sollen.

MARINA: Es war idiotisch, dass wir einen ganzen Monat damit gewartet haben, weil es auch bei der Arbeit störte.

NADINE: Ja, wir dachten beide von der anderen, sie sei ganz schön doof.

MARINA: Aber es ist normal, dass man sich manchmal auf die Nerven geht, wenn man jeden Tag so eng miteinander zu tun hat. Keiner ist ständig gut gelaunt. Oder man hat privat gerade was an der Backe, das sich bei der Arbeit und auf das Verhältnis zu den Kollegen negativ auswirkt.

NADINE: Aber dafür, dass wir uns jeden Tag sehen, verstehen wir uns, auch mit Andreas und Lucca, ausgesprochen gut. Zu Lucca habe ich so viel Vertrauen, dass ich mich in den Szenen mit ihm richtig wohl fühle. Ich kuschele mich manchmal sogar unwillkürlich an ihn ran, als wäre er in Wirklichkeit mein Freund und nicht nur in der Serie.

MARINA: Ich habe auch ein gutes Verhältnis zu Lucca. Aber vor der Liebesszene im Stall, wo wir miteinander schlafen mussten, heulten wir uns dann doch bei unseren wirklichen Partnern aus. Wir hatten Hemmungen, weil wir nackt aufeinander liegen mussten. Mein Freund unterhielt sich kurz vor dem Drehtag auf einer Party mit Lucca darüber. Das war gut, denn dann hatte Lucca keine Angst mehr, vielleicht zu weit zu gehen. Mein Freund hatte totales Vertrauen zu Lucca, und umgekehrt auch Luccas Freundin zu mir.

NADINE: Wenn Lucca und ich zusammen im Bett liegen, hilft es total, dass wir uns mögen. Bei Kollegen, die einander nicht so sympathisch sind, wird es schwierig. Die müssen sich beim Drehen tierisch zusammenreißen, wenn sie ein Liebespaar darstellen sollen.

MARINA: Man kann nicht von jedem erwarten, dass er mit jedem gut spielen kann.

NADINE: Ich erinnere mich noch daran, welche Überwindung es mich kostete, Lucca das erste Mal zu küssen. Und das war sogar nur auf die Wange. Zu der Zeit war ich noch mit meinem damaligen Freund zusammen. Er war total eifersüchtig. Das war ein Problem, weil es mich innerlich hemmte. Und so was ist beim Spielen nicht eben hilfreich. Außerdem gingen mir bei den ersten Liebesszenen mit Lucca so Gedanken durch den Kopf wie: Hoffentlich verknallst du dich jetzt nicht in den. Mittlerweile kann ich zwischen der Rolle Nick und dem Menschen Lucca gut unterscheiden. Das eine hat mit dem anderen nichts zu tun.

MARINA: Für uns ist es sowieso viel leichter, Fernsehgefühle und private Gefühle voneinander zu trennen, als für die Zuschauer und andere Außenstehende. Zum Beispiel war meine Mutter total geplättet, nachdem sie die Liebesszene zwischen Lucca und mir gesehen hatte. Sie fand mich so mutig. Dabei war es bloß technisch. Er könnte doch nie einen hochkriegen und ich war auch total trocken. Bis auf den Schweiß. Kameramänner, Tonleute und alle anderen stehen um uns herum – wie soll man da in Ekstase geraten?

NADINE: Als ich mich mal für eine Szene ausziehen musste, besprach der Regisseur vorher genau mit mir, wie er das Ganze drehen will. Irgendwann lief ich ohne Klamotten durchs Studio und merkte es gar nicht mehr. Ich hatte das Gefühl, ich sei am Strand. Dass es so leicht sein würde, hätte ich nicht gedacht.

MARINA: Ich war so voller Adrenalin und Ehrgeiz, die Szene mit Lucca hinzukriegen, ich dachte gar nicht mehr darüber nach, dass ich nichts anhatte.

NADINE: Die anderen vom Team gucken zwar am Anfang ein bisschen, aber dann haben sie auch was Besseres zu tun

und beachten einen nicht weiter. Das Wichtigste für mich ist, dass man im Fernsehen nicht zu viel von meinem nackten Körper sieht. Das muss nicht sein. Aber im Studio macht mir das nichts aus. Dafür bin ich Schauspielerin.

Um hier zu arbeiten,
muss man ein bisschen verrückt sein

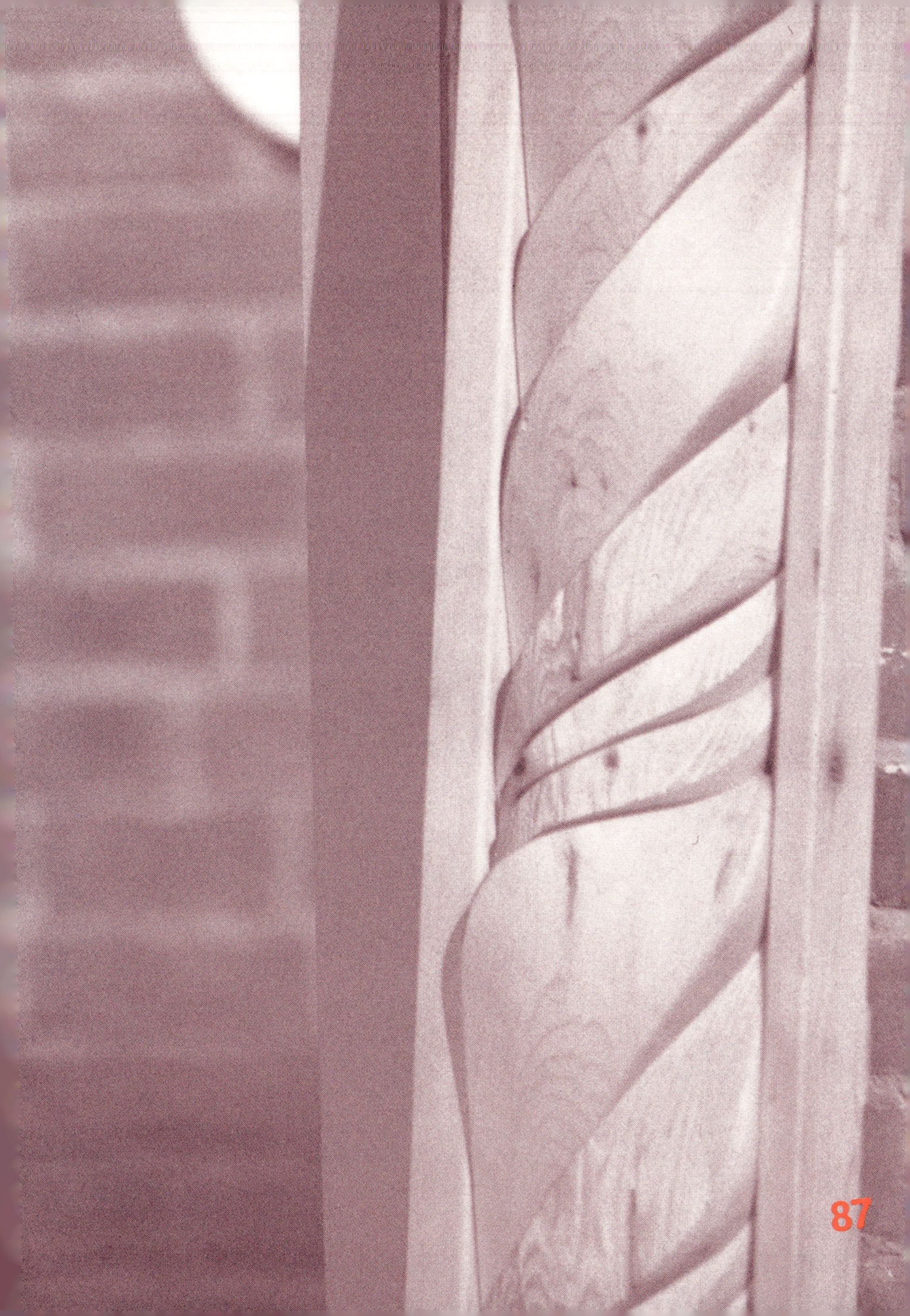

"ABGENOMMEN"
Endgültige Fassung vom 01.09.1999
FOLGE 1172
BLOCK 238
EPISODEN 1170 bis 1174
PROD.-BESPRECHUNG 13. 09. 1999
AUSSENDREH 20. 09. - 24. 09 1999
STUDIODREH 27. 09. - 01. 10. 1999
VORL. SENDEDATUM 24. 11. 1999
CHEFAUTOR Michael Nitsche
SCRIPT-EDITOR Dr. Rainer Ruppert
SCRIPT-KOORDINATION Christoph Sabel
DIALOG-AUTOR Birgit Gruber
STORY-EDITOR Jens Schleicher
STORYLINER Tom Chroust
REGIE
PRODUCER
SUPERVISING PRODUCER
1173
238
ung vom 01.09.1999
ENE LIEBE"

»Um hier zu arbeiten, muss man ein bisschen verrückt sein«

So entstehen Soapgeschichten

Die weiße Tafel im Storylinerraum ist von oben bis unten mit merkwürdigen Notizen voll gekritzelt: »Flo–Jan–Andy: Schwangerschaft, drei Episoden« ist da beispielsweise zu lesen. Oder »Clarissa–Charlie: kleine Komödie, zwei Episoden, kein Cliffhanger«. TW (für Tageswechsel) steht in einigen Zeilen, Dreiecke (für Cliffhanger) markieren andere. Hieroglyphen für den Laien, aber der geübte Storyliner kann daran genau ablesen, wie eine Episode aufgebaut ist. Denn auf der Tafel sind in Stichworten fünf Episoden mit je drei Erzählsträngen untereinander aufgelistet. Aus ihnen besteht der so genannte Block. Das sind fünf Episoden, jede hat zwischen achtzehn und zweiundzwanzig Szenen. Rund hundert Szenen, die das Storylinerteam bis Freitag entwickelt und aufgeschrieben haben muss. Zum Vergleich: Auch ein neunzigminütiger Spielfilm kann aus rund hun-

dert Szenen bestehen. Doch um diese zu entwickeln und auszufeilen, hat der Drehbuchautor Monate, manchmal sogar Jahre Zeit, nicht nur eine einzige Woche.
Sobald alle Geschichten für einen Block erfunden sind, das Team sich einig und die Tafel voll ist, setzen sich die Storyliner an ihre Computer und formulieren, was sie sich gemeinsam ausgedacht haben. Ungeduldig warten die Storyeditoren auf das schriftliche Ergebnis, die so genannten Storylines, auch Szenenabrisse genannt. Denn die Editoren müssen alles gegenlesen und eventuelle Widersprüche in den einzelnen Episoden ausgleichen, bevor der Block zur Abnahme an den Producer und die Redaktion weitergegeben werden kann.

Am Montag geht das Ganze von vorne los. Die Tafel wird abgewischt, gähnende weiße Leere tut sich auf, der nächste Block muss erfunden werden: Fünf Episoden

mit je drei Erzählsträngen, erneut etwa hundert Szenen, die binnen fünf Tagen entwickelt und aufgeschrieben sein müssen. Woche für Woche für Woche. Und wenn der Producer oder die Redakteure irgendwelche Einwände haben, müssen bereits bestehende Episoden geändert werden.

Auch wenn Darsteller plötzlich erkranken, hat dies unliebsame Folgen für die Storyliner. Sie müssen dann, neben der normalen Arbeit am nächsten Block, Geschichten rückwirkend ändern. Das kann einen ganzen Rattenschwanz an Konsequenzen für mittlerweile neu erfundene Geschichten mit sich bringen. Also noch mehr Änderungen. Woche für Woche für Woche.
Kein Wunder, dass man Soap-Produktion mit Fließband-

arbeit vergleicht und von »industrieller Fertigung« spricht. Denn die Storyliner sind ja nur die Allerersten in einem ausgeklügelten System. »Wir erfinden die Geschichten, legen fest, wer sich verliebt, wer heiratet, sich trennt oder gar stirbt«, sagt Malte Otten, lange Zeit Storyliner und Storyeditor bei *GZSZ*. »Wir unterteilen die Geschichten in Episoden und Szenen, schreiben auf, wer in welcher Szene auftritt, wo die Szene spielt, zu welcher Tageszeit, mit welchen Requisiten, entscheiden, welche Story den besten Cliffhanger hergibt«, ergänzt sein Kollege Oliver Schultz. Dabei plotten die Storyliner und -editoren nicht einfach von Woche zu Woche ins Blaue, sondern halten sich an vorher entwickelte Majors oder Futures, die ebenfalls vom Sender abgenommen werden müssen. In so einer Future steht beispielsweise, dass Marie sich in Kai verliebt, der aber zunächst gar nichts von ihr wissen will, bis sich das Verhältnis dann umkehrt. Stoff für viele Monate. So haben die Storyliner schon eine grobe Idee, in welche Richtung sich die Geschichte entwickelt. Was in der einzelnen Woche dann passiert, steht so detailliert natürlich nicht in der Future, sondern wird ad hoc entwickelt.

Nach den Storylinern machen sich die Dialogautoren ans Werk. Sie richten sich nach den Szenenabrissen, die die Storyliner aufgeschrieben haben, und legen den Figuren ihre Dialogsätze in den Mund. Danach kommen die Regisseure an die Reihe. Sie überlegen sich, wie sie eine Szene inszenieren und kameratechnisch auflösen wollen. Die Schauspieler lernen ihre Texte und fühlen sich dabei so gut wie möglich in die jeweilige Stimmung ihrer jeweiligen Figur ein. Die Szenenbildner, Maskenbildner, Requisiteure versuchen die Atmosphäre der Szene visuell so zu gestalten, dass es zu den Geschichten passt.

Und wenn es beim Dreh schließlich heißt: »Kamera ab – Kamera läuft – und bitte«, sitzen die Storyliner in ihrem Großraumbüro vor dem Monitor und verfolgen per Direktleitung ins Studio, was der Rest der Crew aus ihrem »Baby«, ihren Geschichten, macht. Denn sie sind zwar die Erfinder, aber nicht die Einzigen, die als Kreative für das Endprodukt auf dem Schirm verantwortlich sind. »Natürlich passiert es auch mal, dass ich laut aufstöhne, wenn ich die Szene auf dem Schirm angucke, weil ich sie mir beim Schreiben ganz anders vorgestellt habe«, sagt Daniela Wigard, Storylinerin bei *Verbotene Liebe*. »Aber das zu ertragen gehört zum Job dazu. Man muss sein ›Baby‹ auch loslassen können.«

Wer als Autor auf seiner Individualität und seiner Einzelleistung beharrt, der hält es in einem Soap-Schreiberteam deshalb nicht lange aus. **Die Betonung liegt auf Teamarbeit.** Eitel darf man da nicht sein und man muss Kritik einstecken können. Denn in so einer Storyliner-Runde geht es manchmal hoch her. Wer schüchtern ist oder leicht eingeschnappt, bewirbt sich besser erst gar nicht.

Um Storyliner zu sein, braucht man keine besondere Ausbildung. In den Storydepartments ist alles vertreten: von der Hausfrau bis zum Mathematiker, vom Bauern bis zum Journalisten, von der Juristin bis zum Theaterdramaturgen. Einige Eigenschaften sind ihnen allerdings gemeinsam: eine Leidenschaft für Soaps; die Fähigkeit, sich Geschichten auszudenken; und die Bereitschaft, sich notfalls die Nacht um die Ohren zu hauen, damit sie pünktlich fertig sind.

Sieben Storyliner und zwei Storyeditoren sitzen Woche für Woche um einen Tisch, sehen Woche für Woche dieselben Gesichter derselben Kollegen und stehen dabei unter dem enormen Druck, Woche für Woche neue Geschichten erfinden zu müssen. Andernfalls gerät das ganze System ins Wanken. Denn wenn die Storyliner mit ihren Episoden nicht rechtzeitig fertig sind, können die Dialogschreiber nicht in Aktion treten, die Regisseure keine Drehbücher kameratechnisch auflösen, die Schauspieler sich nicht vorbereiten, der Szenenbildner keine Sets bauen, der Requisiteur diese nicht einrichten, das Produktionsteam nichts drehen.

94
Um hier zu arbeiten,
muss man ein bisschen verrückt sein

Also muss den Storylinern Woche für Woche rechtzeitig einfallen, wie die Geschichten weitergehen können. Da werden die Teamchefs, die Storyeditoren, schon mal nervös, wenn der Montag, der Dienstag vergehen und auf der Tafel außer den Zahlen eins bis fünf nicht viel zu sehen ist als gähnende weiße Leere – die sich im Kopf des Storyliners anfühlt wie ein schwarzes Loch. »Das Irre ist allerdings, dass es eigentlich immer klappt. Egal wie müde alle sind, egal ob jemand einen Schnupfen hat oder einen Kater – spätestens am Mittwochabend hat sich die Tafel gefüllt und am Donnerstag sitzen alle Storyliner vor ihren Computern und lassen die Finger über die Tasten fliegen, damit am Freitag der Block herauskommt«, sagt Oliver Schultz. »Um für die Soap zu arbeiten, muss man ein bisschen verrückt sein«, ergänzt Nicola Groos, Storylinerin beim *Marienhof*.

Storyliner werden oft gefragt, woher sie eigentlich jede Woche die nötigen Ideen bekommen oder ob sie denn keine Angst davor haben, dass ihnen mal der Stoff ausgehen könnte. Natürlich fragt man sich manchmal, am Montagmorgen, wie soll man es bloß hinkriegen, die Tafel wieder zu füllen. Und ein Autor allein hätte wohl kaum eine Chance, das Pensum von fünf Episoden bis Freitag zu erfüllen. Aber im Team ist es zu schaffen, denn man inspiriert sich gegenseitig. »Am Anfang herrscht oft Chaos. Alle reden durcheinander, die wildesten Ideen werden ausgetauscht, streckenweise wird nur geblödelt, bis irgendjemand plötzlich den zündenden Einfall hat und genau weiß, in welcher Reihenfolge was erzählt werden muss, welche Figur in welcher Situation nur so reagieren kann und nicht anders«, beschreibt Nicola Groos das Geschichtenerfinden auf Knopfdruck.

Die Zeitnot, unter dem Storyliner permanent stehen, ist nicht der einzige Grund dafür, dass neben Fantasie und Teambereitschaft körperliche, aber auch seelische Belastbarkeit zu den wichtigsten Fähigkeiten eines Storyliners gehört. Denn worum geht es in Soaps vor allem? Um Gefühle und Beziehungen von Menschen zueinander. Wenn also ein Team ziemlich unterschiedlicher Typen ständig so eng aufeinander hockt und möglichst schnell möglichst dramatische und emotionale Geschichten erfinden muss, liegt es nahe, dass die Leute bei sich selbst anfangen.

Die Storyliner recherchieren Themen und Geschichten, schauen sich durchaus auch im Freundes- und Kollegenkreis um. Aber vor allem steuern sie aus den eigenen Erfahrungen etwas bei. Jeder hat sich schon mal verliebt, jeder ist schon mal verlassen oder betrogen worden, jeder kennt Gefühle von Einsamkeit oder Glück. Es gehört allerdings Mut dazu, als Storyliner von sich selbst zu sprechen. Denn gleichzeitig muss man immer damit rechnen, dass eine Idee, die man selbst super findet, vom Rest des Teams abgelehnt wird.

Wenn im Team Streit darüber entsteht, wie eine Geschichte laufen soll, welches Gefühl eine Figur nun empfinden soll, haben die Editoren oder der Chefautor das letzte Wort und entscheiden, wer wen nun küssen soll oder eben auch nicht. Bei so vielen Leuten geht das gar nicht anders, sonst wird endlos ohne Ergebnis diskutiert. Und das kann das Storyteam einer täglichen Seifenoper sich nicht leisten, denn – am Freitagabend muss der Block fertig sein! Woche für Woche für Woche ...

Eine Original-Storylineseite

1801 . 03 T1 0:00 FLO WB
FLO SPIRA
JAN WITTENBERG

Jan ist nicht bereit Flos Beweggründe für eine Trennung zu akzeptieren.
Vormittag

Jan geht aufgebracht in der Wohnung umher, während Flo ihn betroffen beobachtet. Jan kann Flos Beweggründe nach wie vor nicht akzeptieren, denn sie beide hätten eine so lange Zeit gekämpft, um endlich zueinander zu finden. Und nun werfe Flo das einfach weg, obwohl sie ihn angeblich liebe. Flo versucht Jan zu beruhigen: Sie wolle doch nichts wegwerfen, sondern ehrlich zu Jan sein. Sie brauche einfach Zeit für sich und müsse allein sein, um das Vergangene zu verarbeiten. Jan lacht bitter auf: Allein sein, das sei eine ganz neue Art der Liebe. Flo versucht erneut zu insistieren, aber Jan unterbricht sie aufgebracht, wenn Flo das so sehe, gebe es wohl nichts mehr zu besprechen. Mit dieser Bemerkung verlässt er die Wohnung. Enden auf Flo, die wie ein Häufchen Elend auf dem Sofa sitzt.

***

Die dazugehörige Original-Drehbuchszene

1801 . 03 T1 0'55 FLO WB
FLO SPIRA
JAN WITTENBERG

Jan ist nicht bereit Flos Beweggründe für eine Trennung zu akzeptieren.
Vormittag

JAN LEHNT MIT VERSCHRÄNKTEN ARMEN AN DER ARBEITSFLÄCHE IN DER KÜCHENZEILE.

FLO SITZT AM BISTROTISCH.

1. FLO
(AUFGEWÜHLT)
Vielleicht war es wirklich ein Fehler, dass wir eine Beziehung eingegangen sind.

2. JAN
(HEFTIG)
Die Einsicht kommt etwas spät.
(BITTER)
Und das gerade jetzt, wo wir einfach nur glücklich sein könnten ...

3. FLO
(GEKNICKT)
Das sind wir aber nicht ... Ich muss mir erst mal selbst darüber klar werden, was ich will.

4. JAN
Ich denke, du liebst mich?

5. FLO
(NICKT TRAURIG)
Trotzdem muss ich erst mal alleine sein.

6. JAN
Ich darf mich solange in Geduld üben, oder wie stellst du dir das vor?

7. FLO
(BEMÜHT GEFASST)
Ich erwarte gar nichts von dir.
(TRAURIG)
Höchstens, dass du mich ein bisschen verstehst.

8. JAN
Das tue ich ja. Oder ich versuche es zumindest. – Es ist nur hart, zu sehen, dass ich für dich im Grunde vollkommen überflüssig bin.

9. FLO
Das bist du ja nicht.
(AUFGEWÜHLT)
Ich war nun mal so lange mit Andy zusammen ... Ich bin einfach noch nicht so weit ...

10. JAN
Schon kapiert.
(GEHT IN RICHTUNG TÜR, BITTER)
Tja, dann ist wohl alles klar.

11. FLO
Jan, bitte ...

12. JAN
Jetzt muss ich erst mal alleine sein.
(KALT)
Mach's gut.

JAN GEHT VERLETZT.

ENDEN AUF FLO, ÜBERFORDERT.

***

Kostüme, Stoppuhr, falsche Wimpern

Kostüme, Stoppuhr, falsche Wimpern

Berufsalltag in einer Soap-Produktion

BRIGITTE REMMERT (36) absolvierte eine Schneiderlehre, bevor sie in München ihr Mode-Fachabitur machte. Bei einer Stylistin in München assistierte sie, 1994 kam sie zu *GZSZ* nach Potsdam. Zunächst arbeitete sie als Garderobiere, dann zwei Jahre als Kostümbildassistentin. Seit 1998 ist sie die Verantwortliche für die Kostüme und Accessoires, die die *GZSZ*-Darsteller auf dem Schirm tragen.

»Wir hatten Cowboyhüte in der Serie, als alle noch darüber lachten, und Hawaiihemden, als sie noch als Inbegriff der Geschmacklosigkeit galten. Dann entwarf Gucci ein paar Hawaiihemden für seine Kollektion und plötzlich war der Look hip. Das ist Mode – man muss ein Auge für Trends haben, muss wissen, was in einem Jahr aktuell sein wird.
Für eine Daily Soap Kostüme machen heißt vor allem viel-

fältig sein. Ich mag's ja gern etwas dezenter. Aber ich kann nicht alle Figuren in gedeckte Farben hüllen. Die Unterschiede zwischen dunkelblau, aubergine und schwarz sind nämlich auf dem Schirm kaum auszumachen. Zu viel Dezenz macht außerdem die Augen müde. Und für die Fans ist die Serie ja auch ein Klamottenreport. Wer trägt was? Was ist in? Das muss ich berücksichtigen. Daneben überlegen, wem was gut steht. Und bei allem keine Labels zeigen, denn das wäre ja Werbung.
Jede Woche teile ich für die Hauptfiguren sechzig Kostüme ein, kombiniere vorhandene Outfits miteinander, achte darauf, dass die Farben sich nicht mit den Dekorationen beißen. Neulich kleidete ich eine Schauspielerin ein, die eine Psychologin spielte. Sie war nur im Außendreh zu sehen.

Ich fragte beim Außenaufnahmeleiter nach, welche Farbe der Set hat. Da er das Motiv noch nicht gesehen hatte, konnte er es mir nicht sagen. Ich teilte auf gut Glück ein grünes Kostüm ein. Prompt war die Wand, vor der sie stand, auch grün! Ich hätte heulen können. Aber was soll's? Es bleibt keine Zeit, sich lange über Dinge zu ärgern. Denn schon

steht der nächste Schauspieler vor mir, den ich komplett einkleiden muss – von den Schuhen und Strümpfen über Hosen, Hemden und Sweatshirts bis zur Jacke.
Man wird unheimlich schnell vertraut mit den Leuten, darf auch nicht schüchtern sein, sondern muss gut mit Menschen umgehen können. Es ist sehr wichtig, dass unsere Darsteller sich wohl fühlen. Das heißt nicht, dass ich irgendwem in den Arsch kriechen muss. Das könnte ich auch gar nicht. Das Gute bei *GZSZ* ist ja, dass niemand komplett gegen seinen Typ besetzt wird und deshalb die Chance hat, sich schnell in seine Figur einzufühlen. Trotzdem ist es gerade für neue Schauspieler schwer, sich hier in den unerbittlichen Arbeitsrhythmus einzufinden.

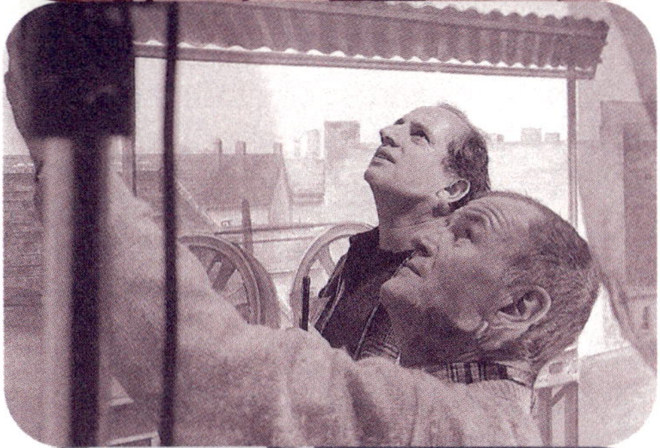

Da kommt ein neuer Typ, es ist Anprobe, er steht in Unterwäsche vor mir. Und ich reiche ihm Hose und Shirt und sage: Schnell, zieh das an. Alles muss schnell gehen. Denn ich soll auch noch mit einem anderen Darsteller shoppen gehen, mich auf eine Modemesse vorbereiten, ein Kostüm dreimal kaufen, weil in der nächsten Woche ein Außendreh stattfindet, bei dem eine Figur in einen Swimmingpool springt. Dafür muss alles mehrmals vorhanden sein, falls die Szene nicht gleich beim ersten Mal im Kasten ist. Das ist Daily-Tempo: alles sofort und möglichst gleichzeitig.

Ich hätte lieber mehr Zeit, die Dinge auszufeilen, weil ich gerne auf Details achte. Klar, manche sagen, auf dem Schirm sieht eh keiner, dass ein neuer Darsteller nur ungetragene Schuhe an seinen Füßen hat. Aber mich nervt das. Denn die Figur hat ja eine Geschichte, kommt irgendwo her. Also setze ich mich manchmal hin und geh mit Drahtbürsten über die neuen Zweihundertmarksschuhe, damit sie getragen aussehen. Ich verwende auch Schmutzspray, damit nicht alles so gelackt aussieht.

Manchmal erfordert die Story, dass eine Figur weniger auf ihr Äußeres achtet. Mit Clemens Richter erzählten wir die Geschichte, dass er spielsüchtig wird. Toll zu zeigen, wie er langsam verwahrlost. Aber schwer zu machen.

Außerdem müssen wir ständig Kostüme waschen, weil plötzlich Schminke auf dem Hemd ist. Und wenn man nicht höllisch Acht gibt, kriegt man Anschlussprobleme. Immer muss man aufpassen wie ein Luchs. Den schlimmsten Anschlussfehler in der *GZSZ*-Geschichte gab es vor Jahren mit der Figur Milla Engel. Sie hatte eine Szene vor einem Fahrstuhl zu drehen, ein Außendrehmotiv. Das Fahrstuhlinnere war im Studio nachgebaut worden. Und direkt im Anschluss kam sie wieder in das Außendrehmotiv. Die Außendrehs einer Folge werden eine Woche vor den Studioszenen gedreht. Nun hatte es sich die Darstellerin einfallen lassen, zwischen dem Außen- und dem Studiodreh zum Friseur zu gehen. Und keiner hatte etwas eingewendet. Schließlich liegt eine Woche dazwischen, was soll schief gehen, mögen alle gedacht haben. In der Zeit kann die Figur genauso gut zum Friseur gegangen sein wie die Darstellerin. Aber weil man den Anschluss nicht beachtet hatte, sah man später auf dem Bildschirm Milla mit langen Haaren in den Fahrstuhl treten, mit kurzen drinnen spielen, und als sie rauskam, waren die Haare wieder lang! Dumm gelaufen.

Das passierte am Beginn von *GZSZ*, als die Soaps sowieso noch total verspottet wurden. Heute kommt ein solcher Ausreißer nicht mehr vor, denn alle hier haben ihre Erfahrungen gemacht, arbeiten sehr hart und professionell. Und das in einem Supertempo.

Trotzdem schaffe ich es noch, mich inspirieren zu lassen. Ich lese Trend-Magazine, kenne viele DJ's und Leute aus dem Berliner Nightlife. Und ich gehe gerne durch die Straßen, schau mir an, was die Leute tragen. Zugegeben, das ist selbst in Berlin nicht immer besonders hip. Deshalb liebe ich London. Das Leben dort ist teuer. Und nicht alle haben Geld. Aber jeder ist bemüht sich typgerecht zu kleiden, alte und neue Klamotten zu kombinieren, auch mal zu überraschen. Sehr kreativ.

Bei uns in der Produktion versuche ich deshalb den Schauspielern Mut zu machen, damit sie sich auch in etwas ausgefalleneren Sachen wohl fühlen. Natürlich muss das Outfit auf die Rolle und den Typ passen. Manche mäkeln zu Beginn, aber am Ende kaufen sie die Klamotten für ihre Privatgarderobe nach. Das motiviert mich. Oder sie stehen vor mir, nachdem ich für sie eingekauft habe, und sagen: ›Gitti, ist das schön.‹ Dann bin ich richtig zufrieden.

Ich liebe meinen Beruf. Ich gehe gerne einkaufen, außerdem gefällt es mir, zu improvisieren und mir immer wieder was Neues einfallen zu lassen.

Wie man Kostümbildnerin wird? Wie bei fast allen Fernsehberufen gilt auch hier: Es gibt nicht nur einen Weg. Nach der Schule kann man zum Beispiel an einer Kunst- oder Filmhochschule Modedesign beziehungsweise Kostümbild studieren. Weitere Möglichkeit: Man besucht eine Mode- oder Werkschule wie den Berliner Letteverein. Eine Schneiderlehre ist auf jeden Fall von Vorteil. Außerdem sollte man sich für ein Praktikum bewerben, beim Film oder bei einer Fernsehproduktion. Ob man genommen wird, ist natürlich Glückssache. Man muss einfach zur richtigen Zeit am richtigen Ort sein. Das Praktikum ist wenig oder gar nicht bezahlt, aber es ist ein Supereinstieg, um an einem konkreten Projekt mitzuarbeiten. Es gibt zwar viele Bewerber, aber nur wenige, die wirklich gut sind. Bei der Daily sollte man vor allem flexibel und belastbar sein und gut mit Menschen umgehen können.

Ich mag *GZSZ*. Das muss auch so sein, sonst könnte ich hier nicht arbeiten. Ich glaube, wenn ich morgens keine Lust mehr hätte, herzukommen, würde ich kündigen. Als freie Kostümbildnerin müsste ich nicht unbedingt jeden Film mögen, den ich ausstatte. Denn in einem Monat käme schon ein anderes Projekt. Das ist in der Daily anders, bei so einer Produktion bleibt man oft jahrelang. Und mir macht es Spaß, die Rollen zu begleiten, zu sehen, wie sie sich entwickeln.«

Wie in vielen anderen Medienberufen gibt es nur selten einen geregelten Ausbildungsweg für die Leute, die bei einer Soap arbeiten. Für einige Tätigkeiten, zum Beispiel für Drehbuch, Regie, Szenenbild, Produktionsleitung, Filmgeschäftsführung oder das Produzieren, existieren Studiengänge an den verschiedenen Hochschulen für Film und Fernsehen, etwa in Potsdam oder in München. Auf ein Studium können aber nur die wenigsten Mitarbeiter in Fernsehserien verweisen. Übrigens nicht nur in der Soap, sondern auch in anderen **TV**-Produktionen. Nach wie vor ist Fernsehen ein Tummelplatz für Quereinsteiger. Volker Schwab zum Beispiel studierte zunächst Jura. Über einen Freund kam er zu **Unter uns** – als Nebenjob; inzwischen ist er Aufnahmeleiter bei **Verbotene Liebe**. Und für viele, so auch für Aufnahmeleiter Daniel Sobotta (22) von **GZSZ**, begann alles mit einem Praktikum.

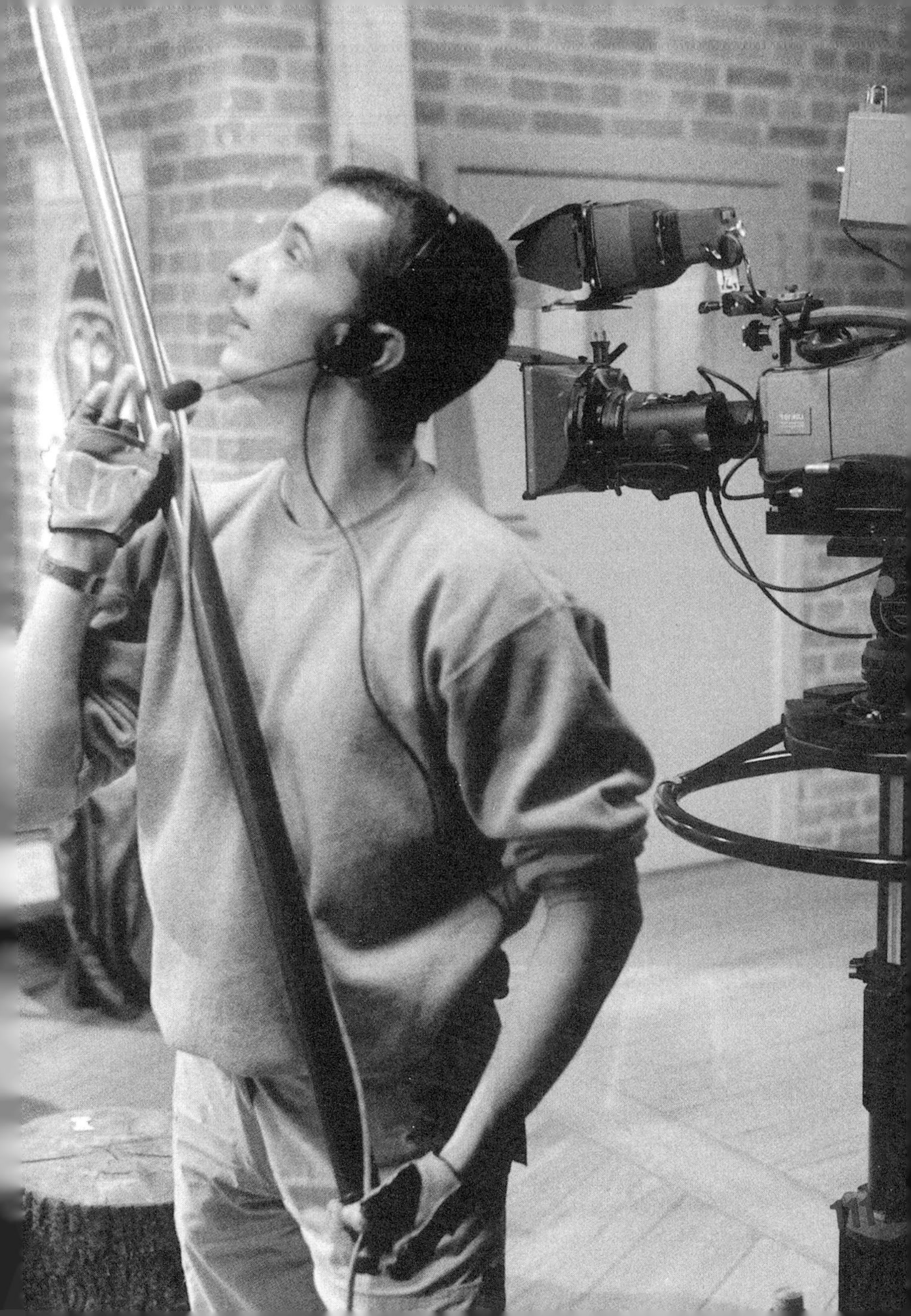

»Alles war viel normaler, als ich dachte«

Als Praktikant bei einer Seifenoper

»An ein Praktikum bei einer Soap kommt man doch nur mit Beziehungen ran. Sonst ist es hoffnungslos.« Diese oft gehörte Ansicht ist wie alle Pauschalurteile nur teilweise richtig. Natürlich hilft es, jemanden zu kennen, der in einer Fernsehproduktion mitarbeitet. Aber man sollte nicht gleich die Flinte ins Korn werfen, wenn das nicht der Fall ist. Täglich trudeln bei den einzelnen Fernsehproduktionen Blindbewerbungen ein, aber es werden auch häufig Praktikanten gesucht. **Mit ein bisschen Glück kann es durchaus klappen**. Und dann ist es mit Sicherheit eine lohnende Erfahrung, selbst wenn man sich später beruflich anders orientiert. So wie **THEKLA (17)**, die während der Schulferien ein dreiwöchiges Praktikum bei *Unter uns* absolvierte:

»Die Arbeit hinter den Kulissen hat meine Einstellung zum Fernsehen schon verändert. Ich verstehe inzwischen, warum dies oder jenes so oder so aussehen oder ablaufen muss. Ich habe gelernt Fehler zu erkennen, zum Beispiel Anschlussfehler oder wenn ein Mikroschatten sichtbar ist. Und ich weiß, dass es kein Traumjob ist, jedenfalls nicht für mich. Dazu ist es zu hart. Tierisch früh aufstehen, den ganzen Tag am Set, oft Überstunden.
Dabei waren die Leute total nett zu mir. Ich absolvierte mein Praktikum hauptsächlich in der Requisite, räumte Sets ein und aus, transportierte Sachen quer durch das riesige Studio, erledigte viel Kleinkram. Bei den Requisiten kommt

es auf jedes Detail an. Ich bastelte auch: Figuren aus Pappmaché, Blumengestecke und für eine Szene Flaschen aus Zucker. Damit sollte ein Schauspieler eins über den Kopf bekommen.

Aber ich bekam noch mehr von der Produktion mit: Wenn zum Beispiel die Szenen in der »Bäckerei Weigel« abgedreht waren, verteilte ich den Kuchen und das Brot, die für den Dreh nicht mehr gebraucht wurden. Die Kollegen in der Maske und die Kostümleute freuten sich wie die Schneekönige, wenn ich mit dem übrig gebliebenen Kuchen erst bei ihnen vorbeikam, bevor ich in die Kantine ging, wo er eigentlich hinsollte.

So lernte ich fast jeden in der Produktion kennen und meine Praktikumszeit war echt witzig. Trotz des Stresses kamen mir die Leute, die da arbeiteten, oft vor wie eine riesige Familie.«

MORITZ (18) beobachtete während seines Praktikums bei *Verbotene Liebe* vor allem die Stars ganz genau und erlebte eine Überraschung:

»Miriam Lahnstein konnte ich mir zuerst gar nicht anders vorstellen als in ihrer Rolle als Tanja. Ich dachte, sie müsste so eiskalt sein wie die Figur, die sie spielt. Aber als ich sie kennen lernte, war sie ganz lieb und normal. Zuerst erkannte ich sie kaum. Sie trug eine Brille, lachte viel, machte ständig Witzchen. Sie hatte eine ganz andere Ausstrahlung als auf dem Bildschirm. Miriam spielte ihre Rolle oft so, dass ich Schauer auf dem Rücken hatte, weil ich dauernd dachte: O Gott, jetzt bringt sie noch jemanden um. Aber als sie in der Realität dann ganz anders war, wusste ich, sie ist wirklich eine richtige Schauspielerin. Sie wird beim Dreh zu einer völlig anderen Persönlichkeit und zieht mich dadurch in ihren Bann.«

Auch **MURIEL (15)** hat seit ihrem Praktikum bei *Marienhof* eine neue Einstellung zu Fernsehserien:

»Wenn ich *Marienhof* jetzt gucke, finde ich es schon komisch, zu wissen, dass ich da mal war, schon durch die Wohnungen der Figuren gelaufen bin. Aber irgendwie finde ich es gut, zu wissen, wie es in Wirklichkeit am Set aussieht. Das ist mir

wichtiger als die Fernsehillusion, die natürlich jetzt für mich ein bisschen futsch ist. Was ich sehe, ist keine Zauberei, dafür haben die Leute im Studio hart gearbeitet.
Deswegen wollte ich unbedingt das Praktikum machen. Ich wollte wissen, wie ein Dreh abläuft, wie das Team die Räume gestaltet. Bei einem Praktikum kriegt man das alles mit. Die Atmosphäre war okay, ich hatte das Gefühl, dass alle gut miteinander auskommen. Zu mir waren die meisten richtig nett, keiner behandelte mich von oben herab.
Es war zuerst schon ein irres Gefühl, einem der Schauspieler plötzlich gegenüberzustehen. Einmal saß ich beim Mittagessen mit einem der Stars am Tisch. Da wusste ich nicht, ob ich den jetzt als Star behandeln soll oder nicht, aber er beachtete mich kaum. Also verhielt ich mich auch möglichst unauffällig. Das war anscheinend völlig okay für den. Überhaupt war im Endeffekt alles viel normaler, als ich gedacht hatte.
Ich überlege mir seit dem Praktikum, ob ich vielleicht beim Fernsehen als Dekorateurin oder in der Requisite arbeiten soll. Auch wenn ich das Gefühl habe, dass es eine ziemlich anstrengende Arbeit ist. Denn manchmal dachte ich während meines Praktikums heimlich: Wann sind wir endlich fertig, wann komme ich hier raus? Andererseits war es eine spannende Zeit.«

Müller's DRUCKHAUS

Deutsche Post AG

Jeden Tag ein Sack voll Briefe
Arbeit im Fanclub

Ute-Christin Nieschka (20) betreut zusammen mit ihrer Freundin **Monique Schütze (18)** den Fanclub von *GZSZ*.

Wie bist du dazu gekommen, den *GZSZ*-Fanclub zu leiten?

UTE: Ende 1996 nahm mich eine Freundin, die damals den Fanclub organisierte, mit ins Studio. Ich war zwar nie ein großer *GZSZ*-Fan, aber schon neugierig. Das Ganze hat mir gefallen, vor allem die Atmosphäre unter den Leuten, so dass ich immer wieder mitkam. Und als meine Freundin mit dem Fanclub aufhörte, fragten mich Erika Heinemann-Rufer, die Pressesprecherin von *GZSZ*, und die beiden Darstellerinnen Nadine Dehmel und Rhea Harder, ob ich nicht Lust hätte, diese Aufgabe zu übernehmen. So fing es an.

Worin besteht dein Job als Fanclubvorsitzende?

UTE: Der Fanclub hat ungefähr dreihundert Mitglieder. Sie zahlen einen einmaligen Beitrag von dreißig Mark. Dafür bekommen sie viermal im Jahr eine Zeitschrift zugeschickt mit News, Berichten, Rätseln und Fotos zur Serie. Die betreue ich redaktionell und das macht mir wirklich Spaß. Außerdem bekommen wir jeden Tag Hunderte Briefe von Fans. Monique und ich lesen sie alle. Das nimmt manchmal den ganzen Sonntag in Anspruch oder die Abende in der Woche. Denn tagsüber habe ich keine Zeit. Ich mache eine Ausbildung zur Kauffrau für Bürokommunikation, während Monique Sozialpflegeassistentin lernt. Die meisten Fans

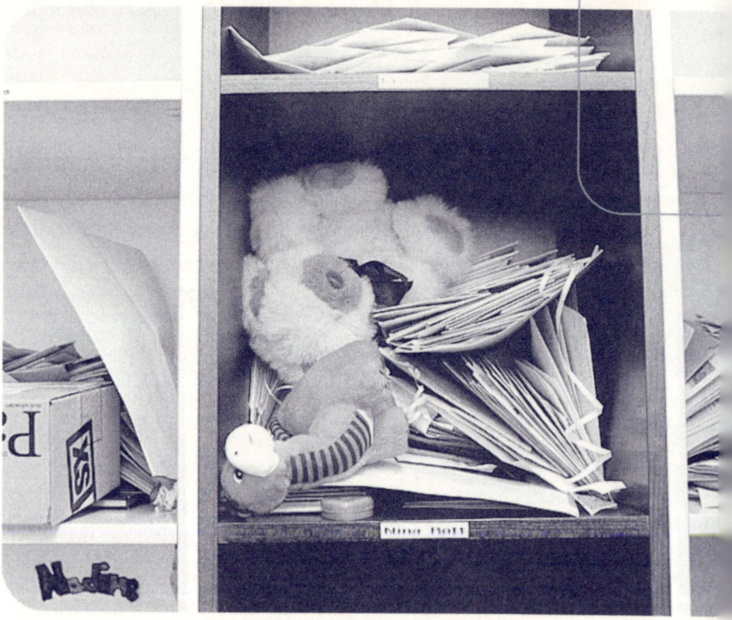

wollen das Autogramm eines Schauspielers. Wir leiten die Briefe weiter. Wieder andere wollen wissen, warum eine Figur, die sie vielleicht mochten, in der Serie sterben musste. Manche mosern auch über Geschichten oder Darsteller, die sie nicht mögen. Wieder andere stellen ziemlich blöde Fragen: Sie wollen zum Beispiel wissen, ob sie einen Tisch im *Fasan*, dem Restaurant in der Serie, bestellen können. Oder einmal gab es eine Geschichte, die darum ging, dass Elisabeth Meinhart und ihr Mann Daniel ihre Wohnung verkaufen wollten. Es meldeten sich tatsächlich Leute, die die Wohnung unbedingt erwerben wollten!

Das ist ganz schön krass, oder?

UTE: Ja, einige schaffen es nicht, Serie und Wirklichkeit auseinander zu halten.

Welche Fans schreiben besonders viel?

UTE: Die jüngsten sind acht Jahre alt. Die meisten Briefe kriegen wir aber von Mädchen zwischen zwölf und siebzehn Jahren. Die wollen vor allem Autogramme von den Boys in der Serie. Aber wir kriegen auch Zuschriften von Jungs, die in eine Darstellerin verliebt sind. Alexandra Neldel, die lange Zeit die Katja gespielt hat, war ihre Favoritin. Klar, sie war unheimlich sexy, manchmal auch ein bisschen ›bitchy‹, aber sie konnte Gefühle zeigen und hatte einen guten Kern. Das mochten die Jungs. Sie schrieben richtig süße Liebesbriefe. Auch erwachsene Männer fanden Alexandra toll und woll-

ten unbedingt wissen, wo sie wohnt. Aber Adressen geben wir natürlich grundsätzlich nicht raus.
Rhea, die in der Serie Flo Spira heißt, bekommt unter den weiblichen Stars die meisten Briefe von Mädchen. Sie sehen in ihr so etwas wie ihre beste Freundin, teilen viele Interessen mit Rhea, zum Beispiel Reiten.

Du hast engen Kontakt zu den Darstellern, worum dich bestimmt viele Fans beneiden. Findest du es aufregend, dass du so häufig mit denen zu tun hast, die viele als Stars verehren?

UTE: Ich sehe sie nicht als Stars, sondern als ganz normale Menschen. Ich glaube, das ist auch besser so. Wären die *GZSZ*-Mitarbeiter absolute Fans, gäbe es vielleicht Probleme, da sie mit den Darstellern der Serie zusammenarbeiten müssen. Anhimmeln ist dabei eher hinderlich.
Zu Moniques und meinen Aufgaben gehört auch, die Stars auf Autogrammstunden zu begleiten. Neulich war ich mit Nadine Dehmel auf einer solchen Veranstaltung im Spreewald. Während sie Autogramme gab, unterhielt ich mich mit den Fans und beantwortete ihre Fragen. Ich versuche ihre Wünsche zu erfüllen, soweit es mir möglich ist, und freue mich, wenn die Fans glücklich sind. Manchmal vermittele ich auch Fans für Talkshows. Ich organisiere einfach gern, das hilft.

Du bekommst kein Geld für deine Tätigkeit, bist eigentlich nicht mal ein besonders großer Fan der Serie. Wie lange wirst du noch für den Fanclub arbeiten?

UTE: (lacht) Ich weiß nicht. Es ist viel Arbeit. Aber ich mache weiter, solange es mir Spaß macht. Ich lerne ständig neue Leute kennen. Und solange ich durch meine Arbeit die Fans ein bisschen fröhlicher mache, gibt mir das ein schönes Gefühl.

Sehr verehrte
Isa Jank!
Mein Name ist Ela
und meine Freundi
heißt Gerda. Wir
beide leben in de
Dresdner Gegend
und wir mögen
Sie sehr. Wir ha-
ben Sie schon öfter
im Fernsehen ge-
ehen. Sie haben uns der Serie
erbotene Liebe" sehr gefallen.
ls wir in unserer „Super TV"
ieses Bild mit der Anschrift
aben, freuten wir uns denn
hon lange war es unser Wuns
mal zu schreiben weil wir so
n ein bez. 2 Bilder mit Unter

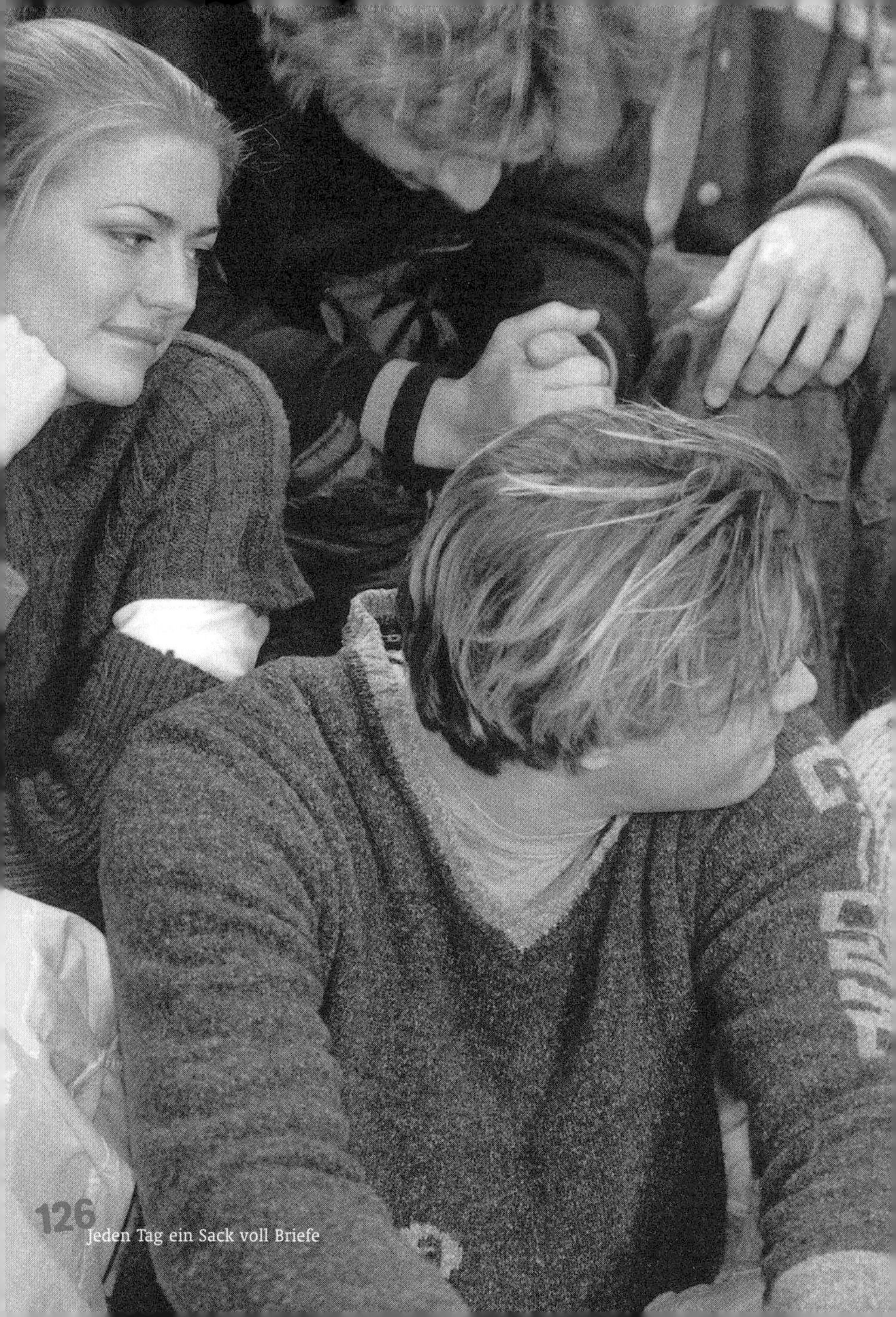

»Ciao, ich freu mich auf eure Mails«

Daily Soaps im Internet

Fernsehgerät, Fanmagazin und Videorecorder sind längst nicht mehr die einzigen Möglichkeiten, in puncto Soap up to date zu bleiben. Wer einen Computer mit Modem und Internetzugang besitzt, kann sich über Vergangenheit, Gegenwart und Zukunft seiner Lieblingsfiguren und ihrer Schicksale per Mausklick informieren. Tag und Nacht und über alle Grenzen hinweg:

»Hi zusammen, ich bin aus der Schweiz. Und ich liebe *Marienhof* über alles. Die beste Soap, die es gibt. Und das Beste für jede Stimmung. Bye Bernadette.«

»Hello everyone! I am an 18 years old girl from Finland and I watch *MH* almost every day. My favourite character is absolutely BILLI VOGT! I think I really love KATJA. She is so beautiful, such a talented actress. But I do not have any information about her. So please, if anyone knows something about Katja, please could you mail me. You will make me very happy. Please mail in English or Finnish.«

Hunderte von Websites geben nicht nur Auskunft über den

Fortgang der Geschichten. Der wissbegierige Soap-Fan erfährt dort auch, wo sein Lieblingsstar aufgewachsen ist oder welches seine Hobbys sind. Autogrammadressen sind ebenso aufgelistet wie Bücher und CDs zu den Serien. Es wimmelt von Zuschriften wie:

»Ich suche FOTOS von den *Marienhof*-Darstellern. Gebe Geld! Pro Foto 40 Pfennig!!! Mailt mir!!!! Ciao, ich freue mich auf eure Mails. Dreamgirlie.«

»Hallo Leonore Capell, ich finde dich echt super. Ich würde dich gerne einmal treffen. Ginge das? Ich und meine Freunde fahren in den Sommerferien zu den Bavaria-Filmstudios (am 2. August), vielleicht bist du ja da und kommst raus. Wir würden auch gerne ein Foto von dir machen. Toll, wenn es klappen würde. Bitte lies das. Dein treuer Fan Daniela.«

Manchmal starten die Sender oder Produktionsfirmen per Internet auch Aktionen. Zum Beispiel regte RTL anlässlich der Jubiläumsfolge zum fünften Jahrestag von *Unter uns* seine Zuschauer in einem Internet-Preisausschreiben dazu an, eigene Ideen für Geschichten in die Redaktion und ins Storydepartment zu mailen. Die beste Story wurde tatsächlich in die bestehenden Storylines eingebaut, die Verfasserin erlebte mit, wie ihre Idee auf dem Bildschirm Gestalt annahm.

Und vielleicht das Allerwichtigste: Per Internet erfolgt ein reger Meinungsaustausch der Fans.

»Tach, Leute! Kann man andere mit *UU* anstecken? Man kann! Ich bin erst seit kurzem online und freue mich riesig, jetzt endlich ÖFFENTLICH meinen Senf zu *UU* abzugeben. Es ist schlimm, ich gucke seit der ersten Folge und wurde von meinen Freunden und von der Family immer als total abgedreht bezeichnet. ›Wie kannst du nur diesen Mist glotzen?‹ Aber es geschehen noch Zeichen und Wunder. Seit kurzem wissen alle voll Bescheid und glotzen auch jeden Tag! Ich habe es gepackt, sie mit dem *UU*-Virus anzustecken. Jetzt habe ich endlich jeden Tag um 17.30 Uhr meine Ruhe. Kein Telefon, kein Fax und keine dummen Kommentare mehr. Julia.«

Alle Soaps haben ihr Forum, auf dem Befürworter ebenso zu Wort kommen wie Kritiker. Dabei geht es wortreich, witzig bis sarkastisch zu. Gerade die Storyliner kriegen oft ihr Fett weg:

»Nun zu Nina und Erika. Der *VL*-Club hat mal eine ernst gemeinte Frage an die hier ab & an auftauchende Lesbenfraktion: Benehmen sich homosexuelle Frauen wirklich wie He-

teromänner anderen Frauen gegenüber????? Was sind denn das für Autoren? Kann sich Nina allen Ernstes nicht beherrschen? Muss sie zwangsläufig all den nackten Frauen in der Sauna hinterherpeilen wie ein läufiger Dackel? Das macht doch nicht einmal ein Mann! Nein, das war wirklich der Monatshöhepunkt an Unglaubwürdigkeit ...«

»Bei der letzten Folge haben die Drehbuchschreiber ganz schön bei *Akte X* abgekupfert. Da träumt dieser ehemalige Beinahepriester was und dann passiert es auch sofort. An Originalität kaum noch zu übertreffen. Trustno.«

Aber nicht nur die Geschichten werden ausgiebig kommentiert:

»Ich fand Kati mit offenen Haaren richtig hübsch, nein wirklich, normalerweise kann ich die dumme Tussi nämlich nicht ausstehen, aber heute: Ich kann kaum glauben, wie eine Frisur einen Menschen verändert, plötzlich war Kati nicht mehr ganz so bescheuert. Vielleicht sollte Nick auch mal eine neue Frisur ausprobieren, obwohl bei ihm sowieso nichts mehr zu retten ist.«

»Vielleicht könnte man Milli mal sagen, dass man mit einem Alcatel One Touch Easy nicht telefonieren kann, wenn die Klappe über der Muschel ist.«

Einige Internetler meckern aber nicht nur rum, sondern loben oder machen konkrete Vorschläge, wie es funktionieren könnte:

»Milli soll das Kind nicht verlieren wie schon Anna vor ein paar Jahren. Gebt ihr endlich einen Mann, wenn es sein muss, auch Nick. Oder bringt neue gute Männer, vor allem für Kati. Aber wahrscheinlich muss Milli sich keine Gedanken machen, die Autoren werden ihre Fehlgeburt schon schön in Szene setzen. Einzige Ausnahme war bisher Annalena im *Marienhof*. Aber danach häuften sich auch dort die Fehlgeburten.«

»Danke an die Storyliner, dass aus Patte und Jacky doch noch ein Paar wurde. Ist 'ne echt nette Geschichte.«

Manche Internet-Surfer tun zwar so, als fänden sie die Soaps unendlich bescheuert, aber an der Mühe, die sie sich mit ihren Beiträgen geben, erkennt man, dass sie schon darauf abfahren, auch wenn sie es nie zugeben würden.

Per Netz hat auch **SVENJA (14)** auf unsere Fragen geantwortet. Sie lebt in der Nähe von Hamburg und *GZSZ* ist ihre absolute Lieblingsserie.

Hi!

SVENJA: Hi!

Wie oft surfst du im Internet auf den *GZSZ*-Seiten?

SVENJA: Och, so zweimal in der Woche bestimmt.

Warum gerade übers Netz? Du könntest dich doch bestimmt auch mit deinen Eltern, Geschwistern oder Freundinnen darüber unterhalten statt mit jemandem, den du gar nicht kennst.

SVENJA: Das ist doch das Spannende. Und ich kann über meine Lieblings-Soap quasseln, wann es mir gefällt. Das macht Spaß. Und weil ich meine Familie und Freundinnen nicht ständig nerven will, klinke ich mich eben ins Netz ein. Dort sind genug, denen es ähnlich geht wie mir. Auf die Art lerne ich außerdem ständig neue Leute kennen.

Triffst du dich manchmal auch mit denen oder unterhaltet ihr euch nur übers Internet miteinander?

SVENJA: Meistens nur hier. Geht ja auch gar nicht anders, da sie über hundert Kilometer entfernt sind. Da kann ich nicht eben mal hinfahren. Und telefonieren ist zu teuer.

Aber ist das nicht komisch, den Menschen, mit dem man sich unterhält, gar nicht zu sehen?

SVENJA: Ich find's klasse, wenn ich eine Mail bekomme oder in einem Chatroom von *GZSZ* bin, und plötzlich habe ich eine Nachricht von einem anderen Fan auf dem Bildschirm. So wie von dir jetzt!

Kannst du mal ein Beispiel geben, worüber du dich in letzter Zeit im Netz so unterhalten hast?

SVENJA: Zum Beispiel, als in der Serie die Figur Silke Balzer starb. Das gefiel mir gar nicht. Und Barbaras One-Night-Stand mit Peter konnte ich gerade so akzeptieren, obwohl mir jede andere Person lieber gewesen wäre als dieser Peter. Darüber hatte ich ein paar Chats.

Streitest du dich dann manchmal auch mit anderen Internet-Usern?

SVENJA: Logo! Ich mag ja einige der Figuren nicht so sehr, auf die andere total abfahren. Zum Beispiel Nico oder Elisabeth. Da ziehe ich in jedem Fall eine Szene mit Kai, Marie, Fabian oder Cora vor. Für die schwärme ich, könnte man sagen, vor allem für Marie und Cora. Andere im Netz finden die beiden superätzend. Dann sagen wir uns gegenseitig die Meinung. Aber das ist okay. Hauptsache, es gibt andere Fans, mit denen ich chatten kann.

RTL
Spiel zur Serie
GUTE ZEITEN SCHLECHTE ZEITEN
SHARK
KLAPP MICH AUF
ICH ERZÄHL DIR WAS
ELISABETH

RTL
SPIELEDITION
GUTE ZEITEN SCHLECHTE ZEITEN
JAN
CORA
BARBARA
Charlie
GUTE ZEITEN
Charlie

Money Money Money

Merchandising: Von Puzzles, Parfums & Poesiealben

Soap ist ein Riesengeschäft. Die Serien werden billig hergestellt und spülen in den Werbepausen Millionen in die Kassen der Sender. Doch damit ist man in den Sendeanstalten und Produktionsfirmen längst nicht mehr zufrieden. In den letzten Jahren hat sich ein zweiter Markt eröffnet, mit dem sich **viel Geld verdienen** lässt: vom Roman über das Kochbuch bis zum Poesiealbum; von Hörspielen über Videos bis zur CD-ROM; vom Puzzle über den Stoffesel bis zum Rucksackanhänger; vom Handtuch über die Sonnenbrille bis zur Armbanduhr; **vom Parfum** über das Duschgel **bis zur Keksdose**. Es gibt (fast) nichts, auf dem das Label einer Soap nicht prangen könnte. Und natürlich kann man das alles bestellen – für gutes Geld. Oder eine Telefonnummer anrufen und dann den Stars auf Band lauschen – gegen hohe Telefongebühren.

Merchandising nennt sich der Verkauf aller Produkte rund um eine Serie oder einen Film.

»Ich kaufe mir Fanhefte und ab und zu einen *GZSZ*-Roman, wenn es um jemanden geht, den ich in der Serie cool finde. Und natürlich habe ich alle CDs von *GZSZ*. Alles in allem gebe ich so zwanzig Mark im Monat für die Serie aus.«

So wie **Lena (14)** machen es viele. Denn allein die *GZSZ*-Fanzeitung verkauft sich monatlich bis zu vierhunderttausendmal. Rätselmagazine, Horoskophefte, Starbände und Wandkalender gehen im Jahr millionenfach über den Ladentisch. Und rund zweihunderttausend Fans erwerben die jeweils neueste *GZSZ*-CD, auf der aktuelle Hits zu hören sind, aber auch die Serienstars.

Spötter sagen, den deutschen Plattenproduzenten falle nichts mehr ein. Deshalb suchten die Hitmacher in den

deutschen Soaps nach den beliebtesten Typen, gäben ihnen ein Mikro in die Hand, ließen sie trällern, drehten ein Video und fertig sei der Hit. Mit Oli. P, Christian Wunderlich, Anderson Farah, Laurent Daniels, Judith Hildebrandt und Just Friends schossen in den letzten Jahren tatsächlich überproportional viele Soap-Stars in die Charts. Klar, denn gegenüber ihrer Konkurrenz haben sie einiges zu bieten, was sie für Plattenproduzenten interessant macht: Jeder kennt sie bereits aus dem TV, sie sind absolute Publikumsfavoriten. Das spart Kosten und Promotion. Ein Geschäft auf Gegenseitigkeit. Die Soap-Stars singen in ihren Serien Songs, was den Plattenverkauf ankurbelt und den Musikproduzenten natürlich Vorteile bringt. Im Gegenzug sind die Produktionsfirmen der Serien an den Einnahmen der Hits beteiligt.

So viel Geschäftssinn weckt auch kritische Einwände:

MIKE (16): »Was mich an Soaps vor allem stört, ist die Werbung drumrum. Wie da versucht wird die Zuschauer mit Produkten zuzuschütten, finde ich echt daneben. Besonders extrem wird das, wenn es um diese so genannten Sänger geht, seien es Oli. P, Christian Wunderlich oder irgendeine Pseudoband, die in einer Serie mitspielt. Die Geschichten dazu sind oft echt dünn, nur zusammengeschustert, um Konsumartikel zu verkaufen oder die Band berühmt zu machen. Man wird zugedröhnt mit der CD, dem Buch, dem Heft, dem Plüschtier zur Sendung. Das find ich relativ link. Denn die Hardcore-Fans versuchen garantiert sich das alles zu kaufen, auch wenn sie es sich gar nicht leisten können.«

Die Merchandising-Abteilungen der verschiedenen Soaps sehen den Zuschauer, der jeden Tag wissen will, wie die Serie weitergeht, vor allem als Konsumenten. Die Serien präsentieren Stars, mit denen sich Jugendliche identifizieren können. Die Geschichten bieten Stoff für Diskussionen und das Publikum kann eine emotionale Bindung zu den Figuren aufbauen. Die Produkte werden passend zur Serienwelt geschaffen. Denn der Serienerfolg soll ja helfen sie zu verkaufen. Mit raffinierten Marktforschungsmethoden analysieren die Mitarbeiter in den Merchandising-Abteilungen, was sich bei der Zielgruppe alles zu Geld machen lässt. Anschließend wird das entsprechende Produkt entwickelt.

Auch die Mütter rücken ins Blickfeld der Werbeindustrie, weil 67 Prozent von ihnen gemeinsam mit den jugendlichen Fans vor dem Fernseher sitzen. Und andere Familienmitglieder sind ebenfalls von Interesse: »Kaufentscheidungen werden natürlich auch durch Geschwister intensiviert, Produkte können dadurch überzeugender wirken«, heißt es in einer Präsentation der Merchandising-Abteilung von *GZSZ*. Und Teenager, so die Überlegung, die mit ihren Großeltern *GZSZ* schauen, bekommen von denen natürlich auch eher ein *GZSZ*-Bettwäscheset geschenkt als eines, das Oma und Opa völlig unbekannt ist.
Für die Produkte wird dann in Spots während der Serienausstrahlung, in Serienmagazinen oder anderen Jugendzeitschriften geworben. Über diese Kanäle erreicht man die Fans, von denen man annimmt, dass sie die Produkte am ehesten kaufen.

Auch **JANINE (19)** hat sich zu dem Thema Gedanken gemacht: »Ständig liest man in den Zeitschriften, dass sich dieser oder jener Soap-Darsteller gerade für bedrohte Tiere einsetzt. Oder wie ein Star sich in seiner neuen Wohnung einrichtet. Ich finde das inzwischen alles ziemlich uninteressant, das meiste ist, glaube ich, sowieso gelogen. Vor ein paar Jahren sah ich das noch anders. Da kaufte ich mir jedes Fanheft und gierte auf die Poster von Andreas Elsholz. Den fand ich richtig süß.
Auch andere Sachen aus der Serie holte ich mir: eine Armbanduhr, einen Rucksack, einmal sogar ein Duschgel. Aber das fand ich vom Geruch her dann ziemlich penetrant.
Es war einfach so, dass alle in der Klasse was von *GZSZ* hatten. Heute denke ich, dass das auch für einen gewissen Druck gesorgt hat. Wenn man dazugehören will, muss man *GZSZ* nicht nur sehen, sondern auch irgendwas Hippes haben, das mit der Serie zusammenhängt.«

GUTE
ZEITEN
SCHLECHTE
ZEITE
PLAY BOY
GUTE ZEITEN SCHLECHTE ZEITEN
LIEBE
DIE BESTE
Das Original
aus
der Serie
GUTE ZEITEN SCHLECHTE ZEITEN
Super

Jetzt wissen die Fans schon,
welche Unterwäsche ich kaufe

Bye Heike aus Lödingsen!

Jetzt wissen die Fans schon,
welche Unterwäsche ich kaufe

»Jetzt wissen die Fans schon, welche Unterwäsche ich kaufe«

Über die Schattenseiten des Ruhms

»Es hat sich wahnsinnig viel geändert, seit ich 1996 für *GZSZ* in die Rolle der Katja Wettstein schlüpfte. Auf der Straße wurde ich plötzlich erkannt, viele wollten ein Autogramm von mir. Die Leute von der Presse fragten ständig, ob sie mich interviewen könnten. Und häufig wurde ich zu Fotoshootings eingeladen, zum Beispiel für Veröffentlichungen im Fanmagazin. Es war schon ein komisches Gefühl, als ich mich das erste Mal auf einem Titelblatt sah«, sagt **ALEXANDRA NELDEL** über ihren Schritt von der unbekannten Zahnarzthelferin zu einem der beliebtesten Soap-Stars im deutschen Fernsehen.

Gestern noch ein Schüler oder Auszubildender, heute ein Fernsehstar, bei dem die Fans anfangen zu kreischen, wenn sie ihn sehen – eine ziemliche Umstellung im Leben.
Das geht so weit, dass man bestimmte, eher persönliche Entscheidungen nicht mehr ohne Rücksprache mit einem ganzen Heer von Kollegen treffen darf: Autoren bestimmen, wann der Urlaub eines Schauspielers in die Geschichte der Figur passt; Produktionsleiter verbieten riskante Sportarten, weil schon die leichteste Verletzung oder Krankheit den Drehplan durcheinander bringen kann; Producer und Redaktion entscheiden, wann wer zum Friseur geht und welche Frisur der Darsteller tragen darf. Und lässt sich jemand spontan an sichtbarer Stelle tätowieren, ist der Ärger vorprogrammiert.

Das Leben im Rampenlicht bringt ganz klar Einschränkungen des Privatlebens mit sich. Marina Mehlinger und Nadine Brandt, die Schwestern aus *Verbotene Liebe*, über ihre Erfahrungen ...

NADINE: Die Leute quatschen mich an, nur weil sie mich vom Fernsehen her kennen. Wenn sie mich dann auch noch anfassen, verstehe ich keinen Spaß mehr.

MARINA: Ja, sie sind manchmal ziemlich dreist.

NADINE: Natürlich war uns das von vornherein bewusst. Unser Job bringt es einfach mit sich, dass die Fans uns auf der Straße erkennen. Aber irgendwann war ich nur noch genervt, sorry.

MARINA: Sie reden über einen und glauben, man merkt es nicht. Sie denken, man ist eine Schaufensterpuppe hinter Glas oder irgendwas Fremdes, Alienartiges. Sie behandeln einen nicht wie einen Menschen, nur wie die Rolle, die man spielt. Neulich war ich bei H&M und plötzlich stand eine Schlange von fünfzig Leuten vor mir. Alle wollten Autogramme. Und ich wollte doch nur ein Top kaufen! Es eskalierte einfach und hinterher musste ich heulen, weil mir mein Freund so Leid tat. Wir konnten nicht mal einkaufen gehen ohne angesprochen zu werden.

NADINE: Und immer soll man dieselben Fragen beantworten.

MARINA: Wenn es ein Teil des Jobs ist, zum Beispiel bei einem offiziellen Pressetermin, dann ist es in Ordnung. Schlimm ist es, wenn es privat wird. Mein Freund wird inzwischen in seiner Stammkneipe meist über mich ausgefragt. Oft wollen die Leute nicht nur wissen, wie es in der Serie weitergeht, sondern auch, wie ich bin, was ich mag, anziehe. Ohne Distanz, bisweilen sogar skrupellos. Jemand wollte von meinem Freund Sascha sogar wissen, wie ich im Bett bin!

NADINE: Wie die Fans mit meinen Freunden umgehen, ist mir auch oft peinlich. Neulich sind ein paar Leute, mit denen ich unterwegs war, von zwei Mädchen gleich mitfotografiert worden. Sie liehen sich extra eine Kamera aus einem Fotoladen, als sie mich sahen. Für die Fans sind auch meine Freunde etwas ganz Besonderes. Dadurch werden sie total mit reingezogen, auch wenn sie das gar nicht wollen. Und das gilt nicht nur für die ganz jungen Fans, sondern

»Ich kann mir vorstellen, dass es die Schauspieler abtörnt, wenn Leute glotzen und aufdringliche Fragen stellen, aber ich würde es trotzdem tun. So höflich wie möglich natürlich. Ich finde, die Stars sind auch dafür da, dass man sie bewundert und was von ihnen wissen will. Ihnen war klar, wie populär sie werden. Jeder, der sich darauf einlässt, bei so was mitzuspielen, muss die Fans in Kauf nehmen, das gehört einfach dazu.«
KATINKA, 16 JAHRE

auch für die Hausfrauen, die mich oft anstarren und ausquetschen.

MARINA: Nur die Omas sind süß und höflich, die haben eine andere Art, mit Leuten wie uns umzugehen, schon von ihrer Erziehung her. Das ist okay.

NADINE: Wir machen nun mal einen Job, der anders ist als die meisten. Klar, dass viele neugierig sind. Wir wollen auch gar nicht immer abblocken. Aber die Fans müssten bit-

te verstehen, dass wir nicht immer Lust haben, über unser Fernsehdasein zu reden.

MARINA: Viele Fans begreifen nicht, dass ich mit der Rolle, die ich spiele, nichts zu tun habe. Eine Frau sprach mich mal ziemlich aggressiv darauf an, dass ihre Tochter plötzlich diese oder jene Schuhe will, weil wir sie auf dem Schirm tragen. Ob wir uns darüber Gedanken machen, ob da Psychologen sitzen würden, die das bedenken? Wenn ich mit solchen Leuten zu tun habe, werde ich kurz angebunden, schroffer.

NADINE: Dass man so bekannt ist, bewirkt, dass man sich anders verhält, als man vielleicht will. Als Selbstschutz.

MARINA: Genau! Meine Art war es immer, mit allen zu reden, aber heute trenne ich strikt mein privates von meinem beruflichen Leben. Viele halten mich deshalb für arrogant. Das bin ich wirklich nicht. Aber wie erkläre ich den Leuten, dass ich nur versuche professionell zu sein und ein Recht auf ein Privatleben habe? Wer nicht unmittelbar betroffen ist, kann sich schwer vorstellen, in welchen Zwiespalt man da manchmal gerät.

»Es ist anders als bei normalen Filmstars, weil die Zielgruppe anders ist. Für jüngere Mädchen ist Soap Kult. Man ist als Soap-Star ein Stück Freiwild, dafür aber auch sehr populär. Man sollte versuchen das zu genießen, denke ich. Wenn einen Millionen Fernsehzuschauer kennen, muss man mit den begeisterten Jugendlichen eben so locker und gelassen umgehen wie möglich.«
MANUEL, 17 JAHRE

NADINE: Die Fans sehen nur das, was sie von uns sehen wollen, und nicht uns. Manche verfolgen einen regelrecht. Ich fühle mich häufig beobachtet und werde dann leicht nervös. Neulich habe ich total falsche Größen bei der Unterwäsche gekauft, weil ein paar Leute glotzten und ich dachte: Mist, jetzt wissen die Fans schon, welche Unterwäsche ich kaufe.

MARINA: Oder sie stehen mit Fotoapparaten vor meiner Haustür. Manchmal kriege ich Briefe von Typen, die mich unbedingt kennen lernen wollen. Zum Glück sind es keine Drohbriefe.

NADINE: Es ist nicht gefährlich, nur unangenehm.

MARINA: Und zwar ziemlich! Im Internet stand einmal: »Marina, ich will dich ficken!« Marina, nicht Milli! Wenn da Milli gestanden hätte, wäre es mir egal gewesen. Aber Marina? Das ist nun mehr als unangenehm.

Dass Privat- und Berufsleben schwer zu trennen sind, wissen auch andere. LUCCA ZAMPERONI, der Nick aus *Verbotene Liebe*, spielt in drehfreien Zeiten an verschiedenen Schauspielbühnen Theater: »Sonst würde ich bekloppt.« Er versucht den Starrummel nicht so auf sich wirken zu lassen: »Bei mir kam irgendwann der Punkt, an dem ich es nicht mehr einsah, mein Leben zu verändern, mir von meiner Umwelt irgendwas vorschreiben zu lassen. Insgesamt hat sich mein Leben wenig verändert, darauf achte ich mehr und mehr.«

ANDREA SUWA, 1998 der Shooting-Star bei *Verbotene Liebe*, ahnte, dass man aufpassen muss, um nicht abzuheben: »Meine größte Angst wäre, wenn ich für meine Familie oder Freunde nicht mehr die ›Alte‹ aus Schwäbisch-Gmünd bin. Natürlich ist es ein irres Gefühl, im Rampenlicht zu stehen. Aber man darf nie vergessen, dass das nicht das reale Leben ist. Deshalb würde ich mich auch immer für meine Beziehung oder meine Freunde entscheiden, wenn sich die Frage stellt: Liebe oder Karriere. Im Soap-Geschäft ist man heute oben, morgen unten«, vertraute sie bald nach ihrem Start in der Daily einer Zeitung an.

Damit hatte sie eine überaus richtige Voraussage getroffen. Denn Andrea, das reizende Aschenputtel der Serie, und ihr Soap-Partner Hakim Meziani, der Prinz, eben noch das Traumpaar der Serie (»Sie sind so schön«, rief die ARD-Redakteurin meist entzückt bei der Abnahme der neuesten Folgen), wurden über Nacht auf Geheiß des Senders sang- und klanglos aus der Serie geschrieben. Eine Untersuchung war zu dem Ergebnis gelangt, dass die beiden beim Zuschauer nicht besonders gut ankamen.
Noch schlimmer erging es dem Serienvater und der Seriengroßmutter von Andrea Suwa alias Jessica Prozeski: Walter und Erna Prozeski starben im Off eines schnellen Todes bei einem Autounfall. Walter hatte Erna nur schnell zum Friseur fahren wollen ...

»Natürlich verlieren die Soap-Stars einen Teil ihres Privatlebens, weil man so viel über sie weiß: woher sie kommen, wann sie geboren sind, was ihre Hobbys sind und so weiter. Man kennt ihre Namen, aber sie kennen, wenn du sie ansprichst, deinen nicht. Das ist natürlich irgendwie schräg und für sie wahrscheinlich auch unangenehm. Ich achte darauf, sie wenigstens mit ihrem richtigen Namen anzusprechen und nicht mit ihrem Rollennamen, sonst sind sie direkt genervt. Andererseits leben sie auch von ihrer Popularität, und das nicht schlecht.«
LOTTE, 17 JAHRE

verbotene Liebe
Damals berühmt – und heute?
Journal de
Fürs Herz: V
Die tägliche
"Verbotene Liebe"-Star Raphaela Dell:
Wo ist der Mann, der mit mir durch dick und dünn geht?
TV neu
TV-Stars in Angst
Wie glücklich machen 43 Millionen?
Haushaltsgeld
viel steht Ihnen zu
Auto Der neue

Luca Zamperoni
Fußball contra Liebe
Ausgabe 1/99
Kämpfernaturen:
Aufstand im Internet
Schlager-Recycling mit
Dieter Thomas Kuhn
Für Erstsemester:
Seelenmassage
Für den Bauch:
Genießerrezepte
Verbotene Liebe
Laufen der Serie die Stars weg?
Nur in 7 TAGE
FANS und ihre Stars
Isa Jank
„Verbotene Liebe"
Fan Timo: „Isa ist eine Frau zum Verlieben"
Fanclub-Adresse
ISA JANK
„Mein Privatleben soll auch privat bleiben"
Schumis Jagd auf die Silberpfeile
Nils Julius
(Verbotene Liebe)
Gyros hat mich zum Fressen gern
schmerzen
Verboten
Stars
Outfi

Aus, Ende, Schluss

Gibt es ein Leben nach der Soap?

Allein vierzig Stars haben in den letzten Jahren *GZSZ* verlassen. Bei den anderen deutschen Dailys dürften es kaum weniger sein. Einige empfinden den Ausstieg als Befreiung. Andere sehen dies anders. Sie schieden unfreiwillig aus, weil sie beim Zuschauer nicht mehr beliebt genug waren. Und sie vermissen die regelmäßige Gage. Denn eins darf man nicht vergessen: Soap-Darsteller, auch die ohne Schauspielerfahrung, verdienen bereits in jungen Jahren oft fünfstellige Beträge im Monat. Davon können ihre Altersgenossen, die noch zur Schule gehen oder eine Lehre machen, nur träumen.

Einige Soap-Darsteller wie Saskia Valencia, vier Jahre lang die Saskia Rother in *GZSZ*, oder ihr Kollege Andreas Elsholz alias Heiko Richter schafften den Übergang von der Soap- zur Schauspielkarriere ohne größere Unterbrechungen: Sie spielten seit ihrem Ausscheiden aus der Daily in mehreren Film- oder Fernsehproduktionen mit.

Doch gibt es durchaus Gegenbeispiele. Ein ehemaliger Soap-Hauptdarsteller schlägt sich mit der Moderation kleiner

Veranstaltungen, wie Miss-Wahlen, in der Provinz durch. Wieder andere verschwinden völlig in der Versenkung. Es gibt sogar welche, die der nervenaufreibende Job dauerhaft krank gemacht hat.

Unter Branchenkennern herrscht Einigkeit: Nur wenige der deutschen Soap-Darsteller haben langfristig Erfolg als Schauspieler. Das liegt vor allem daran, dass kaum einer von ihnen eine fundierte Ausbildung an einer staatlichen Schauspielschule durchlaufen hat.

In der Soap zählen überwiegend gutes Aussehen und Ju-

gend. Ab dreißig gilt man dort bereits als alt! Kommen die Teenie-Darsteller in die Jahre, wo sie für eine Daily Soap uninteressant werden, geraten sie in die Konkurrenz zu den Schauspielern, die eine renommierte Schule besucht oder auf Theaterbrettern Erfahrungen gesammelt haben.
Andererseits ist die Soap wegen ihrer durchindustrialisierten und harten Arbeitsbedingungen eine ideale Vorbereitung, sich für das Fernsehgeschäft abzuhärten. »Wenn einer

Talent hat, kann er da auf jeden Fall viel lernen«, sagt Fernsehproduzent Wolfgang Rademann *(Das Traumschiff)*. Saskia Valencia pflichtet ihm bei: Sie hat keine Angst mehr davor, unter Extrembedingungen zu versagen, seit sie das tägliche Drehpensum bei *GZSZ* absolvierte.
Und immerhin gibt es ehemalige Stars aus Seifenopern, die selbst in der glamourösen Kinowelt den Durchbruch geschafft haben: Til Schweiger etwa, der in der *Lindenstraße* erstmals Fernsehluft schnupperte.

In den USA ist es durchaus üblich, eine Zeit lang in Soaps mitzuspielen. Man denke nur an George Clooney aus *Emergency Room*. Dort sind die besonderen Anforderungen, die an Schauspieler beim Drehen einer Soap gestellt werden, sogar Bestandteil der Ausbildung. In Deutschland dagegen ist es unter seriösen Schauspielern nach wie vor verpönt, in einer Seifenoper mitzuspielen. Von gelegentlichen Gastauftritten einiger Stars abgesehen.
Und vielleicht wäre es der Soap sogar abträglich, wenn man mehr gestandene Schauspieler oder richtige Stars einbaute, die bereits große Filme gemacht haben. Denn je bekannter der Schauspieler, desto mehr Extrawürste will er in der Regel auch gebraten bekommen. Und dies würde, so meinte der Producer von *GZSZ*, Dirk Eggers, in einem Interview, unter Umständen den Produktionsrhythmus durcheinander bringen. Oli. P, der ausstieg, um sich seiner Karriere als Musiker und seiner Familie zu widmen, brachte es auf den Punkt: »Die Serie ist der Star!«

Glossar

Abnahme: Der Sender, vertreten durch seine Redakteure (*), nimmt Storylines, Dialogbücher (*) und die fertig gedrehten Episoden ab, das heißt, er gibt sein Okay in mehreren Stufen. Erst dann kann eine Folge ausgestrahlt werden.

Aufnahmeleiter: Organisiert den reibungslosen Ablauf der Dreharbeiten, sowohl im Studio als auch beim Außendreh (*).

Außendreh: Alle Aufnahmen, die außerhalb des Studios entstehen.

Beleuchter: Setzt die Darsteller ins rechte Licht.

Besetzung: Besagt, welcher Schauspieler welche Rolle spielt. Rhea Harder zum Beispiel spielt die Rolle der Flo Spira. Flo Spira ist also mit Rhea Harder »besetzt«.

Bildmischer: Verfolgt auf dem Monitor in der MAZ (*), was die drei Kameras in einem Soap-Studio gleichzeitig aufnehmen. Nach Anweisung des Regisseurs (*) und auch nach seinem eigenen szenischen Gefühl setzt er die Bildsequenzen zusammen.

Block: Besteht bei einer Daily Soap aus fünf Folgen. Diese fünf Folgen werden innerhalb von einer Woche plus zwei Tagen Außendreh (*) gedreht.

Casting-Agent: Trifft die Vorauswahl der Schauspieler, die in der Serie neu mitspielen sollen.

Catering: So heißt die Essensversorgung am Drehort.

Cliffhanger: Die letzte Szene einer Episode. Sie endet, wenn es am spannendsten ist, wenn eine Figur in der Serie etwas Unerhörtes erfährt, es einen Unfall oder eine dramatische Wendung in der Geschichte gibt. Der Cliffhanger soll die Zuschauer auf die nächste Folge neugierig machen.

Coach: Arbeitet regelmäßig mit den Schauspielern einer Soap. Er oder sie macht mit ihnen Sprech- und Bewegungsübungen, feilt an Aussprache und korrekten Betonungen, gibt Tipps, wie ein Schauspieler sich auf schwierige Szenen vorbereiten kann.

Continuity: Achtet auf die berüchtigten Anschlüsse, damit in Szenen, die auf dem Schirm nacheinander folgen und die an unterschiedlichen Tagen gedreht werden, zum Beispiel das Glas noch am selben Fleck steht.

Crew: Alle Mitarbeiter einer Film- oder Fernsehproduktion. Auch Team oder Stab genannt.

Cutter: Schneidet die Szenen (*) in der richtigen Reihenfolge und macht – unter den Augen des Regisseurs (*) – den Feinschnitt der Folge.

Dekorationen, verkürzt Dekos: So nennt man die verschiedenen Spielorte, die im Studio aufgebaut sind. Beispielsweise ist die »Bäckerei« eine Deko bei *Unter uns*, »Richter Wohnbereich« eine bei *GZSZ*, »Friedenau/Halle« eine bei *Verbotene Liebe*, das »Foxy« eine im *Marienhof*.

Dialogbuch: Das Drehbuch der Soap. Im Dialogbuch stehen alle Sätze, die ein Schauspieler zu sagen hat. Außerdem Regieanweisungen wie: »Daniel kommt ins Zimmer. Er hängt seinen Mantel auf und setzt sich an den Tisch.« Der Regisseur (*) ergänzt das Dialogbuch durch Szenenauflösung und Kameraeinteilung zum kurbelfertigen Drehbuch.

Dialogbuchautor: Schreibt nach der Vorlage der Storyline (*) das Dialogbuch (*).

Disposition: Erstellt den Drehplan, die so genannte Dispo. Das heißt, der Disponent legt fest, welche Szene (*) mit welchen Darstellern in welcher Dekoration (*) wann gedreht wird. Er muss darauf achten, dass möglichst zeitsparend gearbeitet wird. Das ist auch der Grund dafür, dass alle Szenen einer Woche, die in einer Dekoration spielen, am selben Tag gedreht werden. Denn der Wechsel von einer zur nächsten Dekoration kostet Zeit.

Drehbuchkoordination: Sorgt dafür, dass alle Storylines (*) und alle Dialogbücher (*) rechtzeitig bei all denjenigen sind, die damit arbeiten müssen: Chefautor, Producer (*), Redakteur (*), Regisseur (*), Disposition (*). Liest als Letzter Korrektur, bevor gedreht wird.

Filmgeschäftsführung: Ist zuständig für alle buchhalterischen Aufgaben, zum Beispiel Abrechnung von Gagen.

Futures: Majors (*).

Garderobiere: Sorgt dafür, dass die Kostüme (*) der Darsteller immer in Ordnung sind.

Gastrolle: Auch Nebenrolle genannt. Schauspieler, die

in einer Soap mitspielen ohne zum Hauptcast (*) zu gehören, deren Figuren aber die Handlung über mehrere Wochen vorantreiben. Vorzugsweise werden Gastrollen eingeführt, wenn man im Hauptcast niemanden hat, der den Part übernehmen könnte, etwa wenn man für die Geschichte einen Verbrecher braucht oder einen Kommissar.

Hauptcast: Auch Stammcast genannt. Die zentralen Figuren einer Serie. Bei *Verbotene Liebe* gehört zum Beispiel Kerstin Landsmann zum Stammcast, bei *GZSZ* Rainer Meifert, der den Arzt Jan Wittenberg spielt.

Kameramann: Hält die Szenen (*) in bewegten Bildern fest. Die Daily Soaps in Deutschland werden von drei Kameraleuten gleichzeitig gedreht.

Komparse: Vom italienischen ›comparire‹ = erscheinen. Komparsen werden in Film- und Fernsehproduktionen eingesetzt, um den Szenen auch im Hintergrund Atmosphäre zu verleihen. Die Gäste in »Daniels Bar« sind meist Komparsen. Sie sprechen in der Regel nicht. Im Theater heißen Komparsen Statisten.

Kostüm: So nennt man die Ausstattung eines Schauspielers. Zum Kostüm gehören nicht nur die Kleidung, die der Darsteller trägt, sondern auch Accessoires wie Taschen, Hüte, Schmuck. Die Kostüme werden vom Kostümbildner der Serie entwickelt, die Produktion bezahlt sie. Die Klamotten trägt der Schauspieler nur während des Drehs.

Kulissen: Schiebewände, die den schnellen Umbau einer Dekoration (*) ermöglichen.

Majors: Auch Futures genannt. Geschichten, die zweimal im Jahr von den Storylinern und -editoren (*) in enger

Absprache mit Producer (*) und Sender entwickelt werden. Auf ungefähr zwei Seiten werden in einer Major grob die Handlungsverläufe und Wendepunkte einer Geschichte für die Figuren der Serie aufgeschrieben. So wissen die Storyliner, bevor sie von Woche zu Woche die einzelnen Szenen plotten, im Voraus, wohin eine Geschichte gehen soll.

Maskenbildner: Schminken und frisieren die Schauspieler. Sind auch für Special Effects zuständig, etwa wenn jemand bluten soll. Dann sorgen sie mit Filmblut dafür, dass alles so echt wie möglich aussieht.

MAZ: Bedeutet Magnetaufzeichnung. Fernsehleute untereinander bezeichnen damit auch den Raum, in dem der Bildmischer (*) während des Drehs den Rohschnitt herstellt. Häufig beobachtet auch der Regisseur (*) von dort aus das Geschehen im Studio auf dem Monitor, um gleich beim Drehen ein Gefühl dafür zu bekommen, wie eine Szene auf dem Bildschirm aussieht.

Pick-up: Die erste Szene einer Episode, die den Cliffhanger (*) der vorangegangenen Folge meist direkt »aufpickt«, das heißt unmittelbar an ihn anschließt.

Postproduktion: Eine Woche nach dem Studiodreh geht der gedrehte Block (*) in die Postproduktion. Darunter versteht man den Schnitt, der den Cuttern (*) obliegt. Außerdem werden in der Postproduktion den Episoden Geräusche und visuelle Effekte hinzugefügt sowie Musik eingespielt.

Producer: Ist verantwortlich für den gesamten kreativen Ablauf der Produktion, für Besetzung ebenso wie für alles andere. Er hat zusammen mit der Redaktion (*) das letzte Wort über Geschichten und deren Umsetzung, über Besetzungen und Sets (*), über Maske und Kostüm.

Produktionsleitung: Verwaltet das Budget einer Soapproduktion, schließt Verträge mit den Mitarbeitern ab.

Quoten: Geben Auskunft darüber, wie viele Zuschauer die jeweilige Sendung verfolgen.

Recast: Neuer Darsteller für eine bereits existierende Figur. Recasts werden engagiert, wenn der ursprüngliche Darsteller ausgestiegen, die Figur jedoch für die Seriengeschichten wichtig ist und weiter vorkommen soll.

Redaktion: Ist im Auftrag des Fernsehsenders verantwortlich für die Produktion, nimmt Storylines, Dialogbücher (*) sowie die fertig geschnittenen Folgen ab und hat auch bei der Besetzung (*) neuer Rollen ein Wörtchen mitzureden.

Regisseur: Setzt die Drehbücher szenisch um und führt die Schaupieler.

Requisite: Sorgt dafür, dass alle Gegenstände, die gebraucht werden, am Set (*) sind.

Requisitenfahrer: Befördert Möbel und Requisiten zu Außendrehorten.

Schwarzer Satz: Auch One-Liner. Jede Szene (*) in der Soap hat einen Schwarzen Satz, der aussagt, was in dieser Szene als Hauptinfo vermittelt werden soll. Ein typischer Schwarzer Satz lautet zum Beispiel: »Fabian erfährt, dass Marie in der Schule Probleme hat.« So bekommt jeder schon beim Lesen der Dispo wenigstens einen groben Überblick darüber, worum's geht.

Script/Continuity: Stoppt beim Dreh die Szenenlängen mit. Achtet darauf, dass Anschlüsse stimmen und die Dialoge korrekt wiedergegeben werden.

Set: Dekorationen (*).

Standfotograf: Macht Fotos am Set (*) oder auch Porträts der Darsteller, für Sender, Pressearbeit und Archiv.

Storydepartment: Ist zuständig für die Entwicklung der Geschichten und das Aufschreiben der Storylines sowie der Dialogbücher (*). Die Storyabteilung gliedert sich in Storyliner (Geschichtenentwickler), Storyeditoren (sie bearbeiten die Storylines, geben ihnen den letzten Schliff), Dialogautoren und Skripteditoren (sie korrigieren die Dialogbücher). Die ganze Abteilung wird von einem Chefautor geleitet, der eng mit dem Producer (*) zusammenarbeitet.

Szene: Jede Folge einer Soap setzt sich aus kleinen Erzähleinheiten zusammen. Diese nennt man Szenen. Im Durchschnitt ist eine Soap-Szene zwischen dreißig Sekunden und anderthalb Minuten lang.

Toningenieur: Nimmt am Set (*) den Ton auf und sorgt für eine optimale Abmischung. Gegebenenfalls fügt er in der Postproduktion (*) noch zusätzlich Geräusche hinzu, wie Türenknallen, Vogelgezwitscher o. Ä.

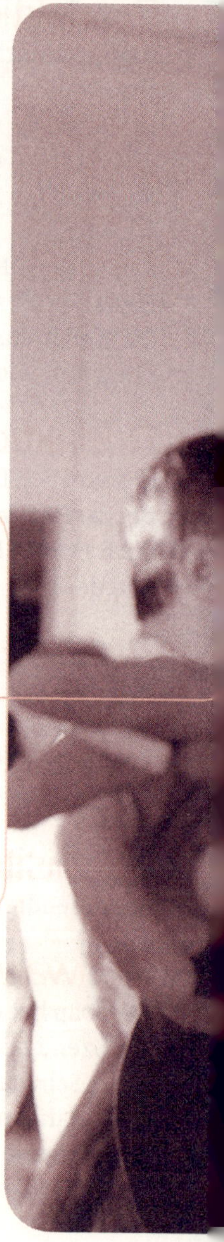

166
Adressen, Links und Tipps

Adressen, Links und Tipps

Fernsehsender mit deutschen Daily Soaps im Programm

RTL
Zuschauerredaktion
Aachener Straße 1036
50585 Köln
Telefon: 0138/10 50
E-Mail: webmaster@rtl.de
Homepage: http://www.rtl.de

Auf RTL startete im Mai 1992 die erste deutsche Daily Soap: *Gute Zeiten – Schlechte Zeiten* (werktäglich ab 19.40 Uhr). Außerdem läuft auf RTL seit November 1994 *Unter uns* (werktäglich ab 17.30 Uhr).

ARD
Zuschauerredaktion
Arnulfstraße 42
80335 München
Telefon: 089/59 00-33 44
Fax: 089/59 00-40 70
E-Mail: zured@das-erste.de
Homepage: http://www.das-erste.de

In der ARD laufen seit Januar 1995 *Verbotene Liebe* (werktäglich ab 17.55 Uhr) und *Marienhof* (werktäglich ab 18.25 Uhr). *Marienhof* startete als Serie, die zweimal pro Woche lief, 1992.

Produktionsfirmen

Grundy UFA TV Produktions GmbH
Dianastraße 21
14482 Potsdam
Telefon: 0331/70 60-600
Fax: 0331/70 60-650
E-Mail: info@ufa.de
Homepage: http://www.ufa.de
Die Grundy UFA ist der europäische Marktführer für Daily Soaps. Mit *Gute Zeiten – Schlechte Zeiten* hat sie die erste deutsche Daily Soap entwickelt und zu einem langfristigen Zuschauerhit mit Kultstatus etabliert. *GZSZ* (RTL) wird im Studio Babelsberg produziert, *Verbotene Liebe* (ARD) sowie *Unter uns* (RTL) in Köln.

Bavaria Film- und Fernsehstudios GmbH
Bavariafilmplatz 7
82031 Geiselgasteig
Telefon: 089/64 94-0
Fax: 089/64 99-0
E-Mail: presse@bavaria-film.de
Homepage: http://www.bavaria-film.de
Die Bavaria produziert *Marienhof* in ihren Fernsehstudios in München.

Casting- und Komparsenagenturen

Welche Soap mit welcher Casting- oder Komparsenagentur zusammenarbeitet, erfährst du am besten bei den Produktionsfirmen.
Wenn du einen Komparsenjob suchst, helfen auch die Arbeitsämter weiter: Die so genannten ***Künstlerdienste*** der Arbeitsämter vermitteln gebührenfrei Künstler aus al-

len Bereichen der Musik und Unterhaltung und vergeben unter anderem auch Komparsenjobs für Film und Fernsehen.

Künstlerdienste gibt es in:

10719 Berlin
Kurfürstendamm 210
Telefon: 030/88 43 05-0
Fax: 030/88 43 05-13
E-Mail: kdberlin@t-online.de

40476 Düsseldorf
Schwannstraße 3
Telefon: 0211/43 06-0
Fax: 0211/43 06-643
E-Mail: kuenstlerdienst-nrw@t-online.de

60528 Frankfurt am Main
Saonestraße 2–4
Telefon: 069/66 70-0
Fax: 069/66 70-468
E-Mail: kd-frankfurt@t-online.de

06110 Halle
Merseburger Straße 196
Telefon: 0345/13 32-380
Fax: 0345/13 32-399
E-Mail: kuenstlerdiensthalle@t-online.de

20097 Hamburg
Nagelsweg 9
Telefon: 040/24 85-14 30
Fax: 040/24 85-14 57
E-Mail: 04024850-0808@t-online.de

30169 Hannover
Hildesheimer Straße 47
Telefon: 0511/98 85-0
Fax: 0511/98 85-766
E-Mail: LAANSB-KD@t-online.de

80331 München
Sonnenstraße 2/IV
Telefon: 089/54 45-11 30
Fax: 089/54 45-11 54
E-Mail: Kdmuc@t-online.de

18069 Rostock
Schweriner Straße 50
Telefon: 0381/804-19 59
Fax: 0381/804-19 99
E-Mail: AAHRO-1955@t-online.de

70174 Stuttgart
Jägerstraße 14–18
Telefon: 0711/941-0
Fax: 0711/941-24 01
E-Mail: kdstuttgart@t-online.de

Fanclubs

Fanclubs zu den einzelnen Soaps existieren unzählig viele, die hier abgedruckten Adressen stellen nur eine Auswahl dar.
Bei der Anforderung von Autogrammen bitte nicht vergessen einen adressierten und frankierten Rückumschlag und außerhalb der BRD einen internationalen Antwortschein beizulegen.

***Gute Zeiten – Schlechte Zeiten* Fanclub**
Postfach 90 04 10
14440 Potsdam
Beim offiziellen *GZSZ*-Fanclub im Fernsehzentrum Babelsberg gibt es Autogrammkarten, vierteljährlich ein Fanmagazin, Gewinnspiele etc.

***Marienhof* – Fanclub**
Frieder Scheiffele
Im Waager 14
72581 Dettingen
Telefon: 07123/97 26 24
E-Mail: MH-FC-FS@t-online.de
Weit über tausend Fans aller Altersgruppen haben sich in verschiedenen *Marienhof*-Fanclubs zusammengeschlossen. Dieser Fanclub steht im engen Kontakt zur *Marienhof*-Produktion, organisiert Clubtreffen mit Schauspielern, verschickt Autogrammkarten, Lebensläufe der Stars etc.

***Marienhof* – Fanclub Füssen-München**
Andreas Leinweber
Abt-Goswin-Straße 14
87629 Füssen
E-Mail: leini@bolb.de
Homepage: http://www.bolb.de/marienhof.htm
Bernd Krajanak
Grünwalder Straße 46
81547 München
Auch dieser Fanclub steht im engen Kontakt zur *Marienhof*-Produktion (PR-Mitarbeit beim *Marienhof*-Magazin). Außerdem werden Besuche in den Bavaria-Filmstudios angeboten.

Offizieller *Unter uns* – Fanclub
»Schillerallee«
Postfach 22 44
77912 Lahr/Schw.
Für den Mitgliedsbeitrag von 22,– DM pro Jahr gibt es einen Fanclubausweis, sechs Infobriefe im Jahr mit News, Interviews, Gewinnspielen und Kontaktanzeigen. Außerdem sorgt der Fanclub für die Weiterleitung der Fanpost, beantwortet unterschiedlichste Fragen zu *Unter uns* und bietet einen Autogramm-Service.

***Verbotene Liebe* Fanbüro**
Freimersdorfer Weg 6
50829 Köln
Beim offiziellen *Verbotene Liebe*-Fanclub gibt es Autogrammkarten, Fanmagazine, Gewinnspiele etc.

Soaps online

Was geschah noch gleich in Folge 1017 von *Verbotene Liebe*? Wie alt ist Lisa Rücken, alias Elisabeth Meinhard aus *Gute Zeiten – Schlechte Zeiten*? Antworten findest du im Internet. Neben Episodenführern und offiziellen Seiten der TV-Sender gibt es natürlich auch noch jede Menge Seiten von Fans für Fans. Die hier abgedruckten Internetadressen stellen lediglich eine kleine Auswahl dar. Weil viele Homepages nach einer Weile wieder aus dem Internet verschwinden, kann es leider sein, dass einzelne Adressen nicht mehr abrufbar sind.

Gute Zeiten – Schlechte Zeiten

Die offizielle Homepage von RTL bietet Daten und Fakten zu *GZSZ*, Starporträts, Chat-Foren etc.:
http://www.rtl.de/gzsz

Unter dieser Adresse verbirgt sich eine Liste von allen *GZSZ*-Webring-Mitgliedern mit Links zu deren Homepages:
http://www.webring.org/cgi-bin/webring?ring=gzsz;list

Marienhof

Die offizielle Homepage zu *Marienhof* bietet Hintergrundinformationen zur Sendung, Infos zu den Darstellern und Links zu den Fanseiten:
http://www.das-erste.de/marie

Unter uns

Ähnlich wie die GZSZ-Homepage von RTL bietet diese offizielle Seite zu *Unter uns* Daten und Fakten zur Sendung, Infos über Stars, Chat-Foren etc.:
http://www.rtl.de/unteruns

Verbotene Liebe

Die offizielle Homepage zu *Verbotene Liebe* mit Episodenführer, Starporträts und Links zu anderen Fanseiten:
http://www.das-erste.de/liebe

Hier geht's zum *Verbotene Liebe*-Webring:
www.fortunecity.de/spielberg/hollywood/4/vlring.html

Register

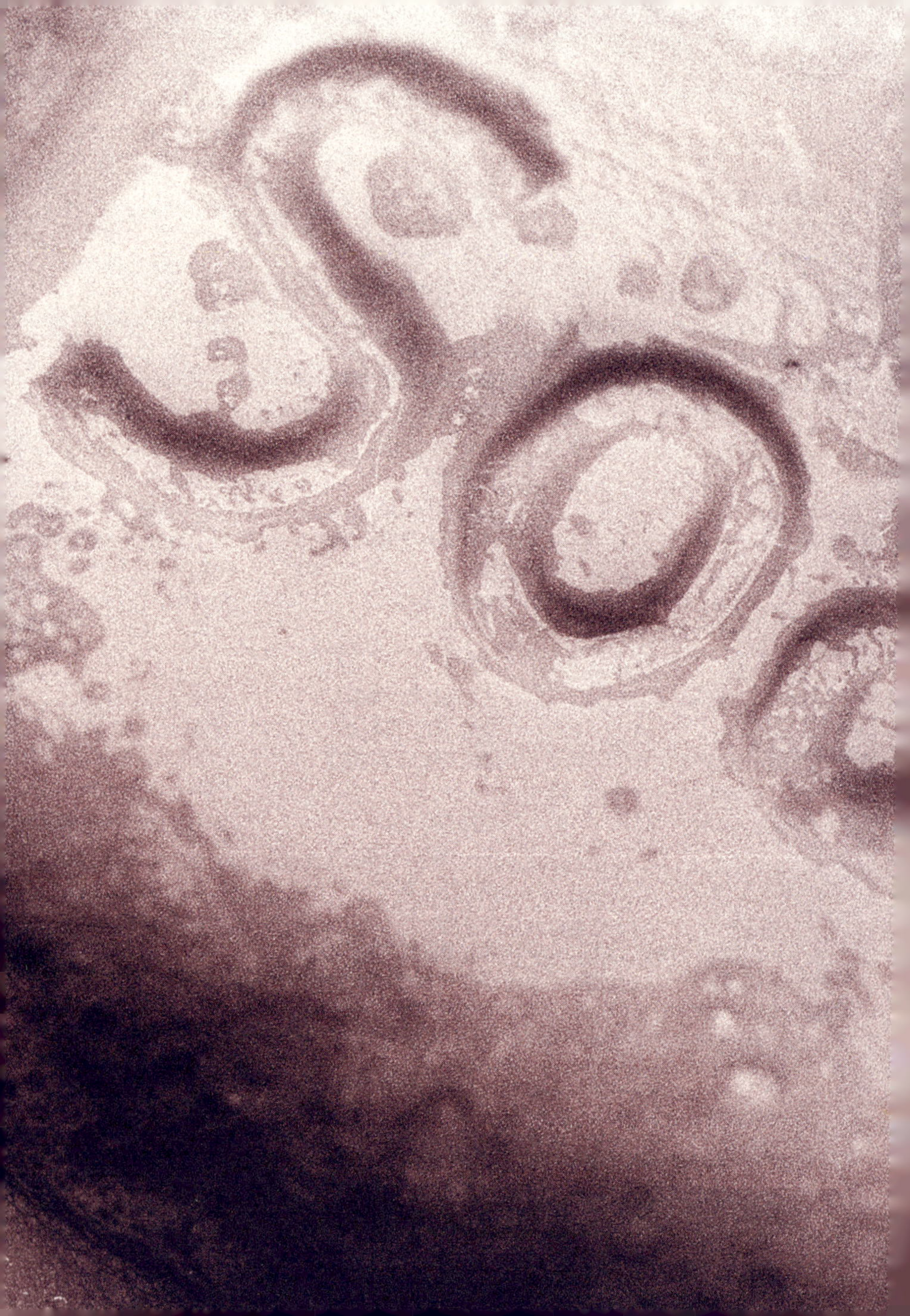